さよなら、アルマ

ぼくの犬が戦争に

水野宗徳・作
pon-marsh・絵

集英社みらい文庫

ぼくはアルマを、ずっと、だきしめていたかった。

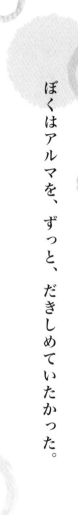

目《もく》次《じ》

はじめに　8
1　これからよろしく　12
2　アルマのおかげ　21
3　お父《とう》さんの手紙《てがみ》　32
4　とくべつな犬《いぬ》　40
5　訓練《くんれん》　45
6　牙《きば》　54
7　飼《か》い主《ぬし》の責任《せきにん》　64
8　アルマのために　76
9　犬《いぬ》一兄《いちにい》ちゃん　86
10　夏《なつ》の思《おも》い出《で》　99
11　お母《かあ》さんの涙《なみだ》　113

12 現実《げんじつ》 124
13 ぼくができること 132
14 軍用犬《ぐんようけん》アルマ 142
15 犬《いぬ》の赤紙《あかがみ》 154
16 さよなら、アルマ 166
それから 181
あとがき 186

登場人物《とうじょうじんぶつ》

川上健太《かわかみけんた》

国民学校《こくみんがっこう》のヤンチャな四年生《よねんせい》。
責任感《せきにんかん》が強《つよ》くて、妹《いもうと》おもい。

チッチ

本名《ほんみょう》は千津《ちづ》。あまえん坊《ぼう》な健太《けんた》の妹《いもうと》。
国民学校《こくみんがっこう》の一年生《いちねんせい》。

朝《あさ》比《ひ》奈《な》太《た》一《いち》
近所《きんじょ》に住《す》む大学生《だいがくせい》。
犬《いぬ》にくわしくて、
子《こ》どもにもやさしい。
高《たか》橋《はし》史《ふみ》子《こ》先《せん》生《せい》
健太《けんた》の担任《たんにん》の先生《せんせい》。生徒《せいと》の気持《きも》ちを
いちばんに考《かんが》えてくれる。
アルマ
シェパード犬《けん》。
頭《あたま》がよくて、
運動神経《うんどうしんけい》ばつぐん。

はじめに

あのころは今《いま》とちがって、首輪《くびわ》をつけていないノラ犬《いぬ》がたくさんいました。

学校《がっこう》へ行《い》く道《みち》。

神社《じんじゃ》の境内《けいだい》。

雑木林《ぞうきばやし》。

だれが名前《なまえ》をつけたのかはわかりません。

シロ、ベソ、クマ、ブチ、ワンコウ、ごえもん……。

いつのまにか名前《なまえ》で呼《よ》ばれていた彼《かれ》らは、私《わたし》たちのよき遊《あそ》び相手《あいて》でした。

友《とも》だちとケンカして仲間《なかま》はずれにされても、犬《いぬ》のからだをさわっているだけで自然《しぜん》と心《こころ》がやわらぐのです。

もちろん、怒《おこ》らせてたまにかまれる連中《れんちゅう》もいましたが、人間《にんげん》がやさしくしてやれば、たいていの犬《いぬ》はやさしくしてくれました。

あのころは、人間《にんげん》も、犬《いぬ》も、同《おな》じものを食《た》べていました。

町《まち》の近《ちか》くを流《なが》れる川《かわ》も美《うつく》しくゆたかで、ミミズをハリにつけて投《な》げこむと、釣《つ》れるのはまるまると太《ふと》った川魚《かわざかな》。

私《わたし》たちはそれを火《ひ》であぶり、太陽《たいよう》でカラカラに乾燥《かんそう》させてから、すりばちですって粉《こな》にしました。

そうして作《つく》った魚《さかな》のふりかけを、お茶《ちゃ》の缶《かん》などに入《い》れてとっておき、人間《にんげん》も犬《いぬ》もオカユにかけて食《た》べたのです。

犬《いぬ》は、あやしい人《ひと》がきたらワンワンと吠《ほ》えてくれるので、番犬《ばんけん》としても頼《たよ》りになりました。

かわいいだけではありません。

犬《いぬ》は、人間《にんげん》にいちばん近《ちか》いパートナーであり、友《とも》だちであり、家族《かぞく》でした。

だからでしょうか……。

人間《にんげん》は、自分《じぶん》たちがはじめた戦争《せんそう》に犬《いぬ》をまきこみました。

足《あし》のはやい犬《いぬ》には、作戦《さくせん》の手紙《てがみ》を敵《てき》に気《き》づかれないよう、味方《みかた》までとどけさせました。

敵《てき》の侵入《しんにゅう》をいちはやく見《み》つけ、おそいかかるように訓練《くんれん》をし、なかには爆弾《ばくだん》をからだに巻《ま》かれ戦車《せんしゃ》にむかわされた犬《いぬ》もいたそうです。

言葉《ことば》がしゃべれない犬《いぬ》は、《もの言《い》わぬ兵士《へいし》》と呼《よ》ばれ、戦争《せんそう》のさまざまな場面《ばめん》で利用《りよう》されていったのです。

そのほとんどの犬《いぬ》が、飼《か》い主《ぬし》と別《わか》れたまま、知《し》らない土地《とち》の空《そら》をながめながら死《し》んでいきました。

戦争《せんそう》につれていかれた犬《いぬ》ばかりではありません。

ノラ犬《いぬ》も。

飼《か》い犬《いぬ》も。

「お国《くに》の役《やく》にたってもらおう」と、たくさんの命《いのち》がうばわれました。
どれだけ子《こ》どもたちが泣《な》いても、それをとめることはだれにもできなかったのです。
異常《いじょう》な時代《じだい》でした。

これは、今《いま》からそんなに遠《とお》くない時代《じだい》の物語《ものがたり》です。
私《わたし》が飼《か》っていた犬《いぬ》の名《な》は、アルマ。
みんな、アルマが大好《だいす》きでした。
アルマも、みんなが大好《だいす》きでした。
それだけは、ただひとつ、たしかなことでした……。

1　これからよろしく

「おかえりなさい！」

昭和《しょうわ》十六年《ねん》、一月《がつ》の朝《あさ》。

今年《ことし》10歳《さい》になる川上健太《かわかみけんた》が玄関《げんかん》にむかうと、お父《とう》さんが箱《はこ》を持《も》って立《た》っていました。

「どうしたの、それ……？」

「知《し》り合《あ》いからゆずってもらったんだ」

ワラを敷《し》きつめた箱《はこ》のなかに、オスの子犬《こいぬ》がいました。

顔《かお》を、右《みぎ》や左《ひだり》、上《うえ》や下《した》にクイクイと動《うご》かし、

（ここは、どこ？）

と、言《い》っているようです。

子犬《こいぬ》の背中《せなか》は黒《くろ》く、足《あし》は茶色《ちゃいろ》。

首《くび》や、胸《むね》のあたりの毛《け》は、白《しろ》。

顔《かお》は黒《くろ》のほうが、多《おお》いでしょうか。

耳《みみ》の先《さき》はたれ、鼻《はな》はしっとりとぬれています。

お父《とう》さんは、

「コイツはとくべつな犬《いぬ》なんだ」

と、ほこらしげに言《い》いました。

犬《いぬ》の種類《しゅるい》は、シェパード。運動能力《うんどうのうりょく》が高《たか》く、とても頭《あたま》がいいのがとくちょうだそうです。

居間《いま》に子犬《こいぬ》をつれていくと、妹《いもうと》の千津《ちづ》が飛《と》びはねながら、

「チッチにだかせて！　チッチにだかせて！」

と、はしゃぎはじめます。

春《はる》から国民学校《こくみんがっこう》（当時《とうじ》の小学校《しょうがっこう》の呼《よ》びかた）に通《かよ》う6歳《さい》の千津《ちづ》は、自分《じぶん》のことを『チッチ』と呼《よ》んでいました。

「名前《なまえ》は？」

健太《けんた》が聞《き》くと、

「アルマだ」

と、お父《とう》さんが答《こた》えました。

知《し》り合《あ》いの家《いえ》でそう呼《よ》ばれていたそうです。

「かっこいい名前《なまえ》だね」

健太《けんた》はすぐにその名前《なまえ》が気《き》に入《い》りました。

「ハハ、かわいいお耳《みみ》。きみのなまえはアルマっていうんだ」

チッチはアルマをだいたまま、なかなかはなそうとしません。

(チエ。千津《ちづ》ばかりだいてズルいんだよ)

健太《けんた》は心《こころ》のなかでそう思《おも》いました。

でも、

「健太《けんた》は、だっこしなくてもいいの？」と、お母《かあ》さんに聞《き》かれても、

「……あとでいい」

と、答《こた》えました。

もちろんだきたくないわけがありませんでした。

あのかわいい舌《した》でペロペロとなめられてみたい！

はやく自分《じぶん》をおぼえてもらいたい！

けれど、ちいさい妹《いもうと》から「俺《おれ》にもかせ！」と、アルマをうばいとるのは、お兄《にい》ちゃんとしてみっともないし、男《おとこ》らしくないと思《おも》いがまんしていたのです。

すると、お父《とう》さんが剣道《けんどう》のけいこをさそってきました。

「健太《けんた》、そろそろやるか！」

「はい！」


健太《けんた》が竹刀《しない》を持《も》って庭《にわ》へでると、数日前《すうじつまえ》にふった雪《ゆき》がまだ残《のこ》っていました。

健太《けんた》は白《しろ》い息《いき》をはきながら、からだの大《おお》きなお父《とう》さんにむかっていきます。

「エイ！　エイ！　ヤァ！」

お父《とう》さんの仕事《しごと》はお国《くに》を守《まも》る『軍人《ぐんじん》』でした。

このころの戦争《せんそう》は海《うみ》のむこうで行《おこな》われていたので、お父《とう》さんは外国《がいこく》に行《い》くことが多《おお》く、ふだんはあまり家《いえ》にいません。けれど、家《いえ》にいるときはこうして剣道《けんどう》のけいこにさそってくれるのです。

『男の子《おとこ》《こ》は、強《つよ》く、たくましくなくてはいけない』

それがお父《とう》さんの口《くち》ぐせ。

「だいぶ、力《ちから》がついてきたな」

「はい！」

強《つよ》く打《う》ちこめば打《う》ちこむほど、お父《とう》さんがよろこんでいるのが竹刀《しない》から伝《つた》わってきます。

お父《とう》さんをもっとよろこばせたい。

自分《じぶん》が強《つよ》いことをみとめてもらいたい。

でも……

（アルマが千津《ちづ》だけになれたらどうしよう）

と、健太《けんた》はやっぱりアルマのことが気《き》にかかり、お父《とう》さんの目《め》をぬすんではチラチラと家《いえ》のなかをのぞいてしまうのでした。


その夜《よる》。

家族《かぞく》が寝《ね》しずまったのを見《み》はからい、健太《けんた》はこっそりとふとんを抜《ぬ》けだしました。

足音《あしおと》がひびかないように廊下《ろうか》をそっと歩《ある》き、むかった先《さき》はアルマが寝《ね》ている家《いえ》の土間《どま》（家《いえ》のなかで床《ゆか》を張《は》らず、地面《じめん》のままになっているところ）でした。

昼間《ひるま》、アルマをあまりさわることができなかった健太《けんた》は、がまんができず、アルマに会《あ》いにやってきたのです。

（いた、いた）

アルマはワラに顔《かお》をうずめ、すやすやと眠《ねむ》っていました。

子犬《こいぬ》をよその家《いえ》からつれてくる場合《ばあい》、なるべく朝《あさ》のうちに、それまで敷《し》いていたワラや毛布《もうふ》も、いっしょに持《も》ってくるのがいいそうです。そうすれば、夕方《ゆうがた》までには新《あたら》しい家《いえ》や人《ひと》になれ、また、寝《ね》るときは、母犬《ははいぬ》や自分《じぶん》のにおいのついている場所《ばしょ》で寝《ね》られるので、あまりさびしがらずにすみます。

アルマは健太《けんた》の家《いえ》になれてくれたようでした。

（どんなゆめを見《み》ているのかな）

健太《けんた》は腰《こし》をかがめ、アルマの顔《かお》をのぞきこみました。

すると、アルマの耳《みみ》がピクッ。

目《め》をひらき、キョロキョロとあたりを見《み》たあと、健《けん》太《た》の顔《かお》をジッと見《み》つめてきました。

「起《お》こしてゴメン……」

キャン！

「シ！　しずかにして、アルマ」

べつに悪《わる》いことをしているわけではありません。

でも、「アルマともっと遊《あそ》びたい」と、なかなか寝《ね》ようとしなかったチッチに、「アルマだっておやすみしたいんだぞ」と言《い》いきかせたのは自《じ》分《ぶん》でした。

「おいで」

健《けん》太《た》がアルマを、そっとだきあげます。

「ハハ、おまえってこんなに軽《かる》いんだ」

ちいさいながらも、そのからだからは血《ち》のぬくもりを感《かん》じました。

ハァハァと、小《こ》きざみにはく息《いき》から、いのちを感《かん》じました。

そして、なんとも言《い》えないにおい……。けっしていいにおいとは言《い》えないけれど、これがアルマのにおいなんだと思《おも》いました。
アルマが鼻先《はなさき》をクンクンと健太《けんた》の胸《むね》に押《お》しつけてきます。
（きっと、ぼくのにおいをおぼえてくれているんだ）
「ぼくの名前《なまえ》は健太《けんた》。これから、よろしくな」
キャン！
顔《かお》を近《ちか》づけると、アルマはかわいい舌《した》で、ほっぺたをペロペロとなめてくれました。

2

アルマのおかげ

アルマを飼《か》う場所《ばしょ》は、台所《だいどころ》のとなりにある土間《どま》と決《き》められました。

しかしアルマがきた翌日《よくじつ》――

「千津《ちづ》がアルマと家《いえ》のなかで遊《あそ》びたいと言《い》って聞《き》かないんだ」

と、健太《けんた》はお母《かあ》さんに言《い》って、アルマを家《いえ》のなかに入《い》れてやりました。

「ほんとうは健太《けんた》が遊《あそ》びたいんじゃないの？」

図星《ずぼし》。

「ほ、ほんとうだよ」

健太《けんた》がそう言《い》うと、

「はいはい」

と、お母《かあ》さんは笑《わら》っていました。

「行《い》くぞ、アルマ。それ！」

健太《けんた》がたたみの上《うえ》でボールを転《ころ》がすと、アルマはちゃぶ台《だい》の下《した》にもぐりながら、けんめいにボールを追《お》っていきます。アルマはボールが大好《だいす》きなようでした。

「ん？」

突然《とつぜん》、アルマがにおいをかぎながら部屋《へや》のすみへ歩《ある》いていきます。

（どうしたんだろう？）

すると腰《こし》をおろし、チョロチョロチョロ。

たたみにおしっこの水《みず》たまりができてしまいました。

「あ〜、やっちゃった」

と、健太《けんた》はつぶやきます。

しかも、最悪《さいあく》なことに、

「今《いま》、帰《かえ》ったぞ」

玄関《げんかん》からお父《とう》さんの声《こえ》が聞《き》こえてきました。

（す、すぐにふかなきゃ！）

健太《けんた》はいそいでぞうきんを手《て》にします。しかし、お父《とう》さんは部屋《へや》にやってきてしまいました。

「どうしたんだ？」

……手遅《ておく》れ。

健太《けんた》は昔《むかし》から、お父《とう》さんににらまれると動《うご》けなくなります。

「あの、その……」

まごついていると、背後《はいご》からチッチの声《こえ》が。

「ダメでしょ、アルマ！　メ！」

それを見《み》て、お父《とう》さんはすべてを理解《りかい》したようでした。

「もしかしてアルマがおしっこしたのか？」

「ごめんなさい！　ぼくが悪《わる》いんだ!!」

健太《けんた》はお父《とう》さんに頭《あたま》をさげ、大《おお》きなゲンコツをもらう覚悟《かくご》を決《き》めました。

でも、お父《とう》さんはしからず、「ハハハハ」と大《おお》きな声《こえ》で笑《わら》いだします。

「消毒液《しょうどくえき》を持《も》ってきなさい」

「え？」

健太《けんた》が消毒液《しょうどくえき》を持《も》っていくと、お父《とう》さんはアルマがおしっこした場所《ばしょ》を消毒《しょうどく》しはじめました。

チッチが、

「おとうさん、アルマをおこんないの？」

と聞《き》くと、お父《とう》さんは「ん？　ああ」と言《い》って、

「アルマが悪《わる》いことをしたら、その場《ば》で怒《おこ》らないと意味《いみ》はないんだ。あとから怒《おこ》っても犬《いぬ》はなにを言《い》われているのかわからないからな」

と、続《つづ》けました。

「そうなんだ」

健太《けんた》がアルマの顔《かお》を見《み》たら、たしかに、

（ぼく、なにか悪《わる》いことした？）

という顔《かお》をしています。

健太《けんた》は犬《いぬ》を飼《か》うのははじめてでした。チッチが生《う》まれる前《まえ》、亡《な》くなったおばあちゃんが

拾《ひろ》ってきた犬《いぬ》を飼《か》っていたこともあったそうですが、健《けん》太《た》はちいさかったのでそのころの記《き》憶《おく》がありません。

「アルマがおしっこをしたい場合《ばあい》、これからどうすればいいの？」

「モジモジしはじめたら、すぐにだきあげて庭《にわ》にある排《はい》便《べん》の場《ば》所《しょ》へおろしてやるんだ」

「わかった」

翌日《よくじつ》、健《けん》太《た》は再《ふたた》びアルマを家《いえ》のなかにあげました。
アルマがソワソワと家《いえ》のあちらこちらに動《うご》きはじめると、
(今《いま》だ！)
健《けん》太《た》はすぐにだきあげ、排《はい》便《べん》場《ば》所《しょ》につれていきます。
「ここだ。アルマ！　ここでするんだ」
するとアルマは、
う〜〜ん。
息《いき》をとめるような顔《かお》をし、おしりからちいさなうんちをコロッとだしました。

「ヤッタ！」

「すごーい、アルマ」

チッチは拍手《はくしゅ》までしていました。

そしてそれを数回《すうかい》くりかえすうち、アルマは（この場所《ばしょ》でおしっこやうんちをするんだ）とおぼえてくれ、家《いえ》のなかですることは二度《にど》となくなったのです。


それから三週間後《しゅうかんご》――

お父《とう》さんは戦争《せんそう》のため、また外国《がいこく》（中国《ちゅうごく》）へ行《い》くことになりました。

「今度《こんど》は少《すこ》し長《なが》びきそうだ」

お父《とう》さんがみんなにそう伝《つた》えます。

そして、大《おお》きな手《て》を健太《けんた》の頭《あたま》の上《うえ》にのせて、

「男《おとこ》はおまえだけなんだ。家《いえ》のことはしっかりたのんだぞ」

と、言《い》いました。

「はい！」

元気《げんき》に返事《へんじ》をしたものの、内心《ないしん》は不安《ふあん》でたまりません。

(アルマの飼《か》いかたも、もっと教《おし》えてもらいたかったのに……)

昭和《しょうわ》十二年《ねん》にはじまった中国《ちゅうごく》との戦争《せんそう》は長《なが》びき、今年《ことし》でもう四年目《よねんめ》。だから新聞《しんぶん》やラジオから戦争《せんそう》のニュースが流《なが》れてきてもそれになれてしまい、多《おお》くの人《ひと》が『戦争《せんそう》は海《うみ》のむこうで行《おこな》われている遠《とお》い出来事《できごと》』のように感《かん》じていました。

日本各都市《にほんかくとし》への空襲《くうしゅう》は、昭和《しょうわ》十九年末《ねんまつ》ごろからとくにはげしいものとなっていきますが、このころ（昭和《しょうわ》十六年《ねん》）の人《ひと》たちは、まさかそんなことになっていくとは、想像《そうぞう》もできなかったのです。


「おにいちゃん。あれやって」

「ん。ああ」

夜《よる》。健太《けんた》はチッチにせがまれ、眠《ねむ》るまでちいさなおかっぱ頭《あたま》をなでてやります。

「おとうさん、今度《こんど》いつ帰《かえ》ってくるかな？」

チッチに聞《き》かれた健太《けんた》は、

「敵《てき》をやっつけたら帰《かえ》ってくるさ」

「いつ敵《てき》をやっつけるかな」

「……」

それは健太《けんた》にもわかりません。だまっていると「おとうさん……」と、チッチがヒクヒクと泣《な》きはじめました。

「泣《な》くな！　もう、泣《な》くなよ。お父《とう》さんはお国《くに》のために戦《たたか》ってくれているんだぞ」

「だって……」

「泣《な》くなって言《い》ってるだろ！」

つい声《こえ》が大《おお》きくなってしまいます。

「大丈夫《だいじょうぶ》？」

べつの部屋《へや》にいたお母《かあ》さんがやってきました。

「おかあさ～ん」

チッチがお母《かあ》さんにだきつきます。

健太《けんた》だってお母《かあ》さんのからだにだきつきたい、と思《おも》いましたが、ぐっとこらえ、

「いくら言《い》ってても泣《な》きやまないんだ」

と、チッチへの不満《ふまん》をお母《かあ》さんにぶつけます。しっかりとしたお兄《にい》ちゃんを演《えん》じることで、自分《じぶん》の気持《きも》ちを落《お》ちつかせようとしたのです。

するとお母《かあ》さんが健太《けんた》たちの顔《かお》を見《み》て言《い》いました。

「ねぇ、提案《ていあん》なんだけど。お父《とう》さまが留守《るす》のあいだ、アルマを家《いえ》のなかで飼《か》うことにしない？」

「え？」

健太《けんた》はおどろきました。

「ほんとう!?」

チッチも急《きゅう》に泣《な》きやみます。

「だって、そのほうがにぎやかでしょう」

健太《けんた》たちは大賛成《だいさんせい》。

そしてその日以来《ひいらい》、チッチが夜《よる》に泣《な》きだすことはなくなったのです。

毎晩《まいばん》、チッチはアルマを自分《じぶん》のふとんにさそっています。

「アルマ、いっしょに寝《ね》よ！」

けれど朝《あさ》、目《め》を覚《さ》ますと、

「あれ？」

なぜか、いつもアルマは健太《けんた》のふとんに入《はい》って寝《ね》ているのです。

理由《りゆう》はわかりません。

「こら！　なんで、チッチがねているときに、にげるの？」

チッチが怒《おこ》っても、アルマは知《し》らん顔《かお》。

しかし健太《けんた》はアルマに信頼《しんらい》されているようで、ますますアルマのことが好《す》きになっていきました。

そしてアルマがふとんのなかにきてくれるようになり、お父《とう》さんがいない不安《ふあん》やさびしさも、健太《けんた》のなかでやわらいでいったのです。

また、アルマは健太《けんた》たちがトイレに入《はい》っていると、たびたび扉《とびら》をガリガリと足《あし》でひっかいてきました。それは、いっしょに遊《あそ》んでほしい、というさいそく。

そんなとき、健《けん》太《た》はうんちをしながらも、

「少《すこ》し、待《ま》ってろ」

と、アルマを待《ま》たせていましたが、チッチは、

「もう、あまえんぼうさんなんだから」

と、トイレの扉《とびら》をあけっぱなしにして、自《じ》分《ぶん》がするところをアルマに見《み》せていました。

その光《こう》景《けい》に、健《けん》太《た》だけでなく、お母《かあ》さんも「アハハ」と笑《わら》います。

アルマのおかげで、家《いえ》のなかにはいつも笑《わら》い声《ごえ》がひびいていました。

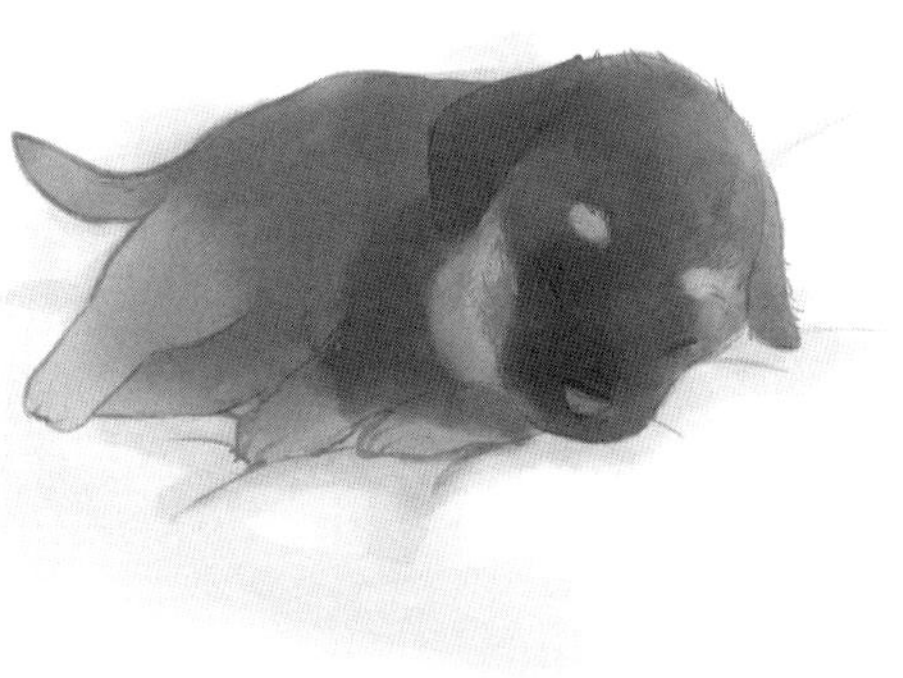

3

お父《とう》さんの手紙《てがみ》

桜《さくら》のつぼみが今《いま》にもはじけそうな三月末《がつまつ》——

アルマが家《いえ》にきてから二ヵ月以上《げついじょう》がすぎていました。

家《いえ》にきたころ、少《すこ》したれていた耳《みみ》の先《さき》も、オオカミのようにピンと立《た》ち、しっぽも太《ふと》くなりました。

中型犬《ちゅうがたけん》のシェパードは大《おお》きくなると体重《たいじゅう》30キロほど。生《う》まれたときはだいたい400グラムですから、一年《ねん》でおよそ七十倍《ばい》、からだが大《おお》きくなります。

現在《げんざい》、生後《せいご》およそ四ヵ月《げつ》。

アルマが健太《けんた》にだきつくと、肩近《かたちか》くまで前足《まえあし》がとどくようになっていました。

健太《けんた》は学校《がっこう》でも足《あし》のはやいほうでしたが、走《はし》るスピードは、もうアルマに勝《か》てません。

大《おお》きな水《みず》たまりも、アルマはラクラク跳《と》びこえます。

それを見《み》た近所《きんじょ》の大人《おとな》たちは、

「さすが、シェパードだね」

と、口《くち》をそろえて言《い》いました。なかには、

「そのうち、家《いえ》の垣根《かきね》を跳《と》びこえて、あぶないんじゃないか？」

と、心配《しんぱい》する人《ひと》も。

しかしアルマはしっかりしていました。

・家《いえ》の敷地《しきち》以外《いがい》には、勝手《かって》にでてはいけない。
・足《あし》をふいてもらうまで家《いえ》にあがってはいけない。

アルマがこれを守《まも》らないときは、すぐに「ダメ」と言《い》えば、アルマは「やってはいけないこと」と理解《りかい》し、やらなくなります。

これはお父《とう》さんから教《おし》えてもらった方法《ほうほう》でした。

前《まえ》に、お父《とう》さんはアルマを「とくべつな犬《いぬ》」と言《い》っていましたが、ほんとうにそうだと、健太《けんた》は思《おも》っています。

近所《きんじょ》の犬《いぬ》とくらべても、アルマほど頭《あたま》がよく、運動神経《うんどうしんけい》のいい犬《いぬ》はいません。

幼《おさな》なじみの邦《くに》ヤンや、ひとつ年上《としうえ》の山《やま》ちゃんからも、「アルマってかっこいいよな」と言《い》われ、健太《けんた》は鼻高々《はなたかだか》でした。


しかし、「とくべつな犬《いぬ》」を育《そだ》てるには、大変《たいへん》なことも……。

そのひとつが、アルマのごはん。

アルマはたくさん食《た》べます。

でも、食《た》べ物《もの》は、長《なが》びく戦争《せんそう》により手《て》に入《はい》りにくい状況《じょうきょう》にありました。

お米《こめ》や、みそ、さとうなど、生活《せいかつ》に必要《ひつよう》なものは、国《くに》からわりあてられたぶんしかもらえません。野菜《やさい》や肉《にく》などは、お母《かあ》さんの知《し》り合《あ》いをつうじて手《て》に入《い》れたりもしていたのです。


アルマがごはんを食《た》べるとき、健太《けんた》にはある役目《やくめ》がありました。

それは『見守《みまも》る』こと。

犬《いぬ》の健康状態《けんこうじょうたい》を知《し》るために、食《た》べかたを見《み》るのは大切《たいせつ》です。ゆっくり食《た》べたり、いやいや食《た》べたりするようなら、からだのどこかが悪《わる》いのかもしれません。

これもお父《とう》さんに言《い》われたことで、健太《けんた》はいつも緊張《きんちょう》しながらアルマが食《た》べるのを見《み》守《まも》っていました。

お父《とう》さんからは「アルマの食事《しょくじ》は、こうやらなければいけない」という紙《かみ》までわたされています。

そこには、こんなことが書《か》かれていました。

食事《しょくじ》のやりかた

・食事《しょくじ》は、決《き》まった食器《しょっき》で、決《き》まった時間《じかん》に、決《き》まった場所《ばしょ》でやること。
・食《た》べているあいだは、かならず、そのそばについていて食《た》べかたを見《み》ること。
・食事《しょくじ》がすんだあとは、食器《しょっき》を洗《あら》って、きれいな水《みず》を入《い》れ、いつでも飲《の》めるようにしておくこと。

食事《しょくじ》の回数《かいすう》

・生後《せいご》二、三ヵ月《げつ》は、四時間《よじかん》おきに、一日《にち》に4～5回《かい》。

・四、五ヵ月《げつ》は、一日《にち》に3～4回《かい》。

・六《ろっ》ヵ月《げつ》は、六時間《じかん》おきに、一日《にち》3回《かい》。

・八ヵ月《げつ》くらいから、朝夕《あさゆう》2回《かい》。

食事《しょくじ》の種類《しゅるい》

・ごはんやパン、それに魚肉《ぎょにく》をまぜ、みそ汁《しる》や、野菜《やさい》のゆで汁《じる》をかけてやればよい。

・ビタミンA《エー》とカルシウムがじゅうぶんなら、子犬《こいぬ》の栄養《えいよう》は満点《まんてん》である。

・あまいお菓子《かし》などは、やってはいけない。

食事《しょくじ》の量《りょう》

・適度《てきど》。両手《りょうて》でアルマの腹《はら》をさわってみて、適当《てきとう》な大《おお》きさにふくらんだところでやめさせるのがよい。

（※これらは、当時《とうじ》の中型犬《ちゅうがたけん》・シェパードの食事目安《しょくじめやす》。現在《げんざい》とちがい、ドッグフードも、一般的《いっぱんてき》ではありませんでした）

アルマの食事《しょくじ》は、一日《にち》4回《かい》。
ほとんどの犬《いぬ》の飼《か》い主《ぬし》たちは、犬《いぬ》の食事《しょくじ》について、ここまでのことはしていません。
でも、健太《けんた》は、
（アルマが「とくべつな犬《いぬ》」だから、こうするんだ）
と、お父《とう》さんの書《か》きのこしたことを、必死《ひっし》に守《まも》っていました。
この日《ひ》もアルマはだされた食事《しょくじ》をいきおいよく食《た》べてくれました。
「よし、よし」
そして、健太《けんた》はすぐにアルマのおなかを両手《りょうて》でさわり、食事《しょくじ》の量《りょう》がちょうどよかったのかを調《しら》べます。適当《てきとう》な大《おお》きさにおなかがふくらんだところでやめさせるのがよいと、紙《かみ》に書《か》かれていたからでした。

「どう？」

チッチが聞《き》いてきます。

「うん……」

「どうなの？」

「うるさいな！　今《いま》、さわってるだろ!?」

健太《けんた》がどなると、アルマは、健太《けんた》とチッチを仲《なか》なおりさせるように、二人《ふたり》にからだをよせ、じゃれてきます。チッチがアルマの頭《あたま》をなでると、アルマは舌《した》をだらんとだし、ハァハァハァ。

「アルマ、とっても、おいしかったって」

「うん……」

じつは……

健太《けんた》はとても不安《ふあん》でした。

お父《とう》さんが書《か》いていることを、いつもそれっぽくやっていましたが、それが正《ただ》しいのかどうか、自分《じぶん》では正直《しょうじき》わからなかったのです。

数日後《すうじつご》――

健太《けんた》たちのもとに、戦争《せんそう》に行《い》っているお父《とう》さんから、贈《おく》り物《もの》がとどきました。

春《はる》から国民学校《こくみんがっこう》に通《かよ》うチッチに新《あたら》しい靴《くつ》のプレゼント。

手紙《てがみ》も入《はい》っていました。

チッチへのお祝《いわ》いの言葉《ことば》。

健太《けんた》には、お父《とう》さんがお国《くに》のためにがんばっていることや、お父《とう》さんが留守《るす》のあいだ『お母《かあ》さんや千津《ちづ》をたのむ』という内容《ないよう》が書《か》かれていました。

そして最後《さいご》に……

『追伸《ついしん》　私《わたし》はまだしばらく帰《かえ》れない。

アルマは、犬《いぬ》にくわしいかたにゆずりなさい』

4

とくべつな犬《いぬ》

家《いえ》から学校《がっこう》までは、歩《ある》いて20分《ぷん》ほどの道《みち》のりでした。

あたたかい春《はる》の風《かぜ》がふいていました。

空《そら》にはヒバリが飛《と》び、どこからかメジロの鳴《な》く声《こえ》も聞《き》こえてきます。

「アルマ、ちゃんとおるすばんしてるかな？」

足《あし》をはずませながらチッチが聞《き》いてきましたが、

「ああ……」

健太《けんた》はうわの空《そら》でした。

『アルマは、犬《いぬ》にくわしいかたにゆずりなさい』

手紙《てがみ》がきたあの日《ひ》——

健太《けんた》はお父《とう》さんの言葉《ことば》をうたがい、なんども手紙《てがみ》を見《み》かえしました。

（なんで……）

チッチは「そんなのイヤだ！　ぜったいにイヤだ！」と、ずっと泣《な》いています。

胸《むね》のなかに熱《あつ》くこみあげるものがありました。

「ぼくたちだけで、アルマの世話《せわ》はできるよ！　お父《とう》さんへの手紙《てがみ》に、そう書《か》いてよ！」

健太《けんた》は必死《ひっし》にお母《かあ》さんにうったえます。

「でも……」

お母《かあ》さんがためらったので、「じゃあ、ぼくが書《か》く！」と、健太《けんた》は自分《じぶん》で手紙《てがみ》を書《か》くことにしました。

お父《とう》さんの言《い》うことは、いつも素直《すなお》に聞《き》いていましたが、アルマをだれかにゆずることだけは、ぜったいに嫌《いや》。健太《けんた》にとって生《う》まれてはじめての、お父《とう》さんへの抵抗《ていこう》です。


その夜《よる》。

チッチが眠《ねむ》ったあと、健太《けんた》はお母《かあ》さんに呼《よ》びだされました。「少《すこ》しお話《はなし》があります」と言《い》ったお母《かあ》さんの顔《かお》は、いつもとはちがい真剣《しんけん》に見《み》えます。

「お父《とう》さまは、アルマを『とくべつな犬《いぬ》』とおっしゃっていましたよね」

「うん」

「とくべつな犬《いぬ》とは、アルマを『軍用犬《ぐんようけん》』に育《そだ》てようとしていたからなの」

「軍用犬《ぐんようけん》!?　ほんとう？」

軍用犬《ぐんようけん》とは、戦争《せんそう》の手伝《てつだ》いをする犬《いぬ》のこと。

健太《けんた》はそれを絵本《えほん》で見《み》たことがありました。

絵本《えほん》のなかでの軍用犬《ぐんようけん》は、敵《てき》におそわれそうになった味方《みかた》をたすけ、勝利《しょうり》をもたらす『ゆうかんな兵士《へいし》の相棒《あいぼう》』としてえがかれていました。そして、日本《にほん》にもどってくると、みんなからたたえられ、勲章《くんしょう》をもらうのです。

(アルマが軍用犬《ぐんようけん》になったら、そんなふうにお父《とう》さんの手伝《てつだ》いができるんだ)

健太《けんた》は、お父《とう》さんといっしょに戦《たたか》うアルマの姿《すがた》を想像《そうぞう》すると、わくわくしました。

ダダダダダと、お父《とう》さんが銃《じゅう》を撃《う》ち、アルマが「ワォーン」と、後《うし》ろからきた敵《てき》をやっつける。

健太《けんた》は、アルマに軍用犬《ぐんようけん》になってほしいと思《おも》いました。

「ほんとうにアルマは軍用犬《ぐんようけん》になれるの？」

「そういう話《はなし》ではないの。シェパードという犬《いぬ》は軍用犬《ぐんようけん》になれるくらい、頭《あたま》もからだも成長《せいちょう》する、ということです。『アルマはどんどん大《おお》きくなっていく。自分《じぶん》がはやく帰《かえ》ってこられればいいが、そうでなければ、おまえたちではめんどうを見《み》きれなくなるだろう』。お父《とう》さまは戦争《せんそう》に行《い》く前《まえ》、そう私《わたし》におっしゃったの」

「大丈夫《だいじょうぶ》だよ。ぼくだってアルマのめんどうを見《み》られるよ」

アルマを手放《てばな》したくない一心《いっしん》で健太《けんた》がそう答《こた》えると、

「……健太《けんた》は、それがアルマにとっていちばんの幸《しあわ》せだと思《おも》う？」

と、お母《かあ》さんに聞《き》かれました。

「え……」

健太《けんた》は言葉《ことば》につまります。

ぼくがアルマを幸《しあわ》せにしてみせる！　と、なぜか、自信《じしん》を持《も》って言《い》えません。

「もちろんお母《かあ》さんも、犬《いぬ》の言葉《ことば》がわからないから、アルマにとってなにが幸《しあわ》せなのか、わからないわ。でも、だからこそ、私《わたし》たちの勝手《かって》な考《かんが》えで、『アルマの幸《しあわ》せはこれなんだ』って、決《き》めつけてはいけないと思《おも》うの」

「……」

アルマにとって、なにが幸《しあわ》せなのか？

健太《けんた》はそれ以来《いらい》、そのことばかり考《かんが》えるようになりました。

そして、自分《じぶん》なりのある答《こた》えをだしたのです。

5 訓練《くんれん》

「はい、今日《きょう》の授業《じゅぎょう》はこれまでです」

担任《たんにん》の高橋史子《たかはしふみこ》先生《せんせい》がそう言《い》うと同時《どうじ》に、健太《けんた》は教室《きょうしつ》を飛《と》びだしました。

廊下《ろうか》で、邦《くに》ヤンが声《こえ》をかけてきます。

「健太《けんた》、遊《あそ》ぼうぜ」

「ごめん！」

大事《だいじ》な用《よう》があるからとことわり、走《はし》って家《いえ》に帰《かえ》ります。

健太《けんた》がだした答《こた》え。それは、
自分《じぶん》がアルマを軍用犬《ぐんようけん》に育《そだ》てること。

アルマをだれにもわたしたくない！

ぼくがアルマを軍用犬《ぐんようけん》に育《そだ》てれば、お父《とう》さんだって文句《もんく》はないはずだ！

健太《けんた》はそう思《おも》ったのです。

家《いえ》に帰《かえ》ると、チッチが庭《にわ》でアルマと遊《あそ》んでいました。

「おかえりなさい」

一年生《ねんせい》は四年生《よねんせい》より授業《じゅぎょう》がはやく終《お》わったようです。

健太《けんた》は玄関《げんかん》にカバンを置《お》き、アルマの首輪《くびわ》になわをかけました。

ワン、ワン！

「おさんぽ？　チッチも行《い》く！」


健太《けんた》たちがむかったのは、歩《ある》いて10分《ぷん》ほどの場所《ばしょ》にある川原《かわら》。

まだ冷《つめ》たそうな川《かわ》の流《なが》れのなかに、大《おお》きな鯉《こい》が泳《およ》いでいました。

その鯉《こい》にむかって、石《いし》を投《な》げる二人《ふたり》の少年《しょうねん》がいます。

学校帰《がっこうがえ》りに道草《みちくさ》をしていた健太《けんた》の同級生《どうきゅうせい》の丸井《まるい》と横山《よこやま》でした。

いっしょのクラスになったばかりで遊《あそ》んだことはありません。

「うわ〜。それがおまえの犬《いぬ》か」

「かっこいい」

丸井《まるい》と横山《よこやま》がそう言《い》うと、

「アルマっていうんだよ」

チッチが自慢《じまん》げに答《こた》えました。

二人《ふたり》がアルマに見《み》とれているあいだ、健太《けんた》はチッチにアルマをあずけ、アシの生《は》えた川《かわ》岸《ぎし》にむかいます。

(これにするか)

たて横《よこ》およそ80センチ、厚《あつ》さ1センチほどの、くちかけた木《き》の板《いた》を見《み》つけると、

「おーい、丸井《まるい》、横山《よこやま》。ちょっと手伝《てつだ》ってくれ」

と、二人《ふたり》に呼《よ》びかけました。

「この板《いた》を運《はこ》びたいんだ。手伝《てつだ》ってくれ」

「なにをするんだ?」

「アルマに跳《と》びこえさせるんだ」

三人《さんにん》で板《いた》を運《はこ》ぶと、今度《こんど》はそれを立《た》てかけるため、健太《けんた》が石《いし》を積《つ》みあげます。

「なんで、そんなことをするんだ？」

「アルマを軍用犬《ぐんようけん》にする訓練《くんれん》をするんだ」

「ほんとうか!?」

丸井《まるい》と横山《よこやま》がおどろきました。そばで聞《き》いていたチッチは、軍用犬《ぐんようけん》がなんのことか、わからないようだったので、

「アルマも、お父《とう》さんのように敵《てき》と戦《たたか》うんだ」

健太《けんた》がそう説明《せつめい》をしてやりました。

「へ～、すごいね、アルマ」

チッチがアルマの頭《あたま》をなでます。

「あまやかすな！」

知《し》らぬまに大《おお》きな声《こえ》をだしていました。

「アルマのためだ。訓練《くんれん》は、きびしくしないといけないんだ！」

「……」

健太《けんた》に怒《おこ》られたと思《おも》ったのか、チッチはふてくされた顔《かお》で、ひとり土手《どて》にあがっていき

ました。

シロツメ草《くさ》の花《はな》がたくさん咲《さ》いていたので、

(勝手《かって》に遊《あそ》ぶだろう)

と、ほうっておくことに。

アルマもチッチのほうにむかおうとしたので、

「おまえは今《いま》から訓練《くんれん》だ」

と、首輪《くびわ》をにぎりました。

丸井《まるい》と横山《よこやま》が、きょうみしんしんに見《み》ているなか、アルマに命令《めいれい》をします。

「よーし、跳《と》べ!」

しかし……

アルマは、長《なが》い舌《した》をだして、
ハアハアハア。

板《いた》にまるできょうみをしめしません。

「なにをしている! 跳《と》ぶんだ!」

軍用犬《ぐんようけん》（じっさいの戦地《せんち》で働《はたら》く犬《いぬ》は「軍犬《ぐんけん》」と呼《よ》ぶ）の、戦争《せんそう》でのおもな仕事《しごと》は、

・敵《てき》がくるのを、いちはやく味方《みかた》に知《し》らせる
・作戦《さくせん》の命令《めいれい》が書《か》いてある手紙《てがみ》を運《はこ》ぶ
・戦地《せんち》で傷《きず》ついた人《ひと》を発見《はっけん》し、薬《くすり》などをとどける

などです。

でも、それをどうやって訓練《くんれん》すればいいのか？　正直《しょうじき》、健太《けんた》にはわかりません。

今日《きょう》の訓練《くんれん》も、昔《むかし》見《み》た絵本《えほん》に、高《たか》い壁《かべ》を犬《いぬ》が跳《と》びこえ、敵《てき》のアジトに侵入《しんにゅう》している絵《え》があったので、それをまねただけ。

「跳《と》べ！　跳《と》べ！」

声《こえ》をあららげ、健太《けんた》が命令《めいれい》すればするほど、アルマは板《いた》ではなく、そのむこうに見《み》える、チッチのほうに視線《しせん》をむけます。

「これじゃあ戦争《せんそう》の役《やく》にたたないな」

太陽《たいよう》が西《にし》の空《そら》にかたむきはじめ、丸井《まるい》と横山《よこやま》は「帰《かえ》ろうぜ」と、その場《ば》を去《さ》っていきました。

(せっかくいいところを見《み》せようと思《おも》ったのに……)

健太《けんた》はくやしくなりました。

なんで、言《い》うことを聞《き》いてくれない!

「この!」

思《おも》わずアルマに手《て》をふりあげました。

コツン。

クーン……。

アルマはなにを怒《おこ》られているのか、わからないようでした。

かなしそうな顔《かお》をするアルマを見《み》て、健太《けんた》もかなしくなりました。

「なんでだよ……。おまえのためなんだぞ……」

すると、

「アルマ、できたよ!」

シロツメ草《くさ》で花《はな》かんむりを作《つく》ったチッチが、土手《どて》の上《うえ》からアルマを大《おお》きな声《こえ》で呼《よ》んでいます。

アルマがいきおいよく走《はし》りだしました。

「え？」

健太《けんた》は目《め》をうたがいました。

ふわっ――

アルマはその板《いた》を軽々《かるがる》と跳《と》びこえ、チッチのいる土手《どて》へとかけあがっていったのです。

「えらい、えらい。はい、ごほうび」

川原《かわら》にひとりたたずむ健太《けんた》は、自分《じぶん》だけアルマに嫌《きら》われたような気《き》がしてなりません。

アルマ。

なんでだよ……。

6

牙《きば》

「きょうね、アルマにお花《はな》のかんむりを作《つく》ってあげたの。でね、アルマ、こーんな高《たか》い板《いた》をとびこえたんだよ」

そんな声《こえ》を背中《せなか》に聞《き》きながら、健太《けんた》は玄関《げんかん》でアルマの足《あし》をふいていました。

(ぼくがあれだけ命令《めいれい》しても、ぜんぜん跳《と》んでくれなかったのに……)

アルマの表情《ひょうじょう》はいつもと同《おな》じです。

すべての肉球《にくきゅう》をふきおえると、健太《けんた》にあまえるように、鼻《はな》をグイグイと押《お》しつけてきました。今《いま》までならその顔《かお》を、両手《りょうて》でくしゃくしゃになでてやっていましたが、

「明日《あした》もやるからな」

健太《けんた》はアルマへのきびしい態度《たいど》をかえませんでした。

台所《だいどころ》でお母《かあ》さんがアルマの食事《しょくじ》を用意《ようい》してくれています。

健太《けんた》はその横《よこ》に立《た》ち、聞《き》きました。

「アルマの食事《しょくじ》だけど、もっと多《おお》くできない？」

「なぜ？」

「今日《きょう》はたっぷり運動《うんどう》したんだ。運動《うんどう》したらおなかがすくのは犬《いぬ》も人間《にんげん》も同《おな》じだから」

軍用犬《ぐんようけん》を目指《めざ》すには、アルマのからだを大《おお》きく、強《つよ》くしなくてはいけません。

でも、自分《じぶん》が軍用犬《ぐんようけん》に育《そだ》てると言《い》うと「子《こ》どもには無理《むり》」と反対《はんたい》されそうで、ほんとうのことが言《い》えないのです。

「アルマへの食事《しょくじ》は多《おお》ければいいってものじゃないって、お父《とう》さまの紙《かみ》にも書《か》いてあったわよね」

「……うん」

お母《かあ》さんからわたされた食事《しょくじ》は、昨日《きのう》と同《おな》じ量《りょう》でした。

ふと、お母《かあ》さんと目《め》が合《あ》います。

その目《め》は、健太《けんた》の心《こころ》を見《み》すかしているようにも感《かん》じました。

――それがアルマにとっていちばんの幸《しあわ》せだと思《おも》う？

健太《けんた》はなにも言《い》えず、アルマに食事《しょくじ》を持《も》っていきました。


翌日《よくじつ》も、健太《けんた》はアルマと訓練《くんれん》にいどみます。

この日《ひ》は、土手《どて》にかくした白《しろ》い布《ぬの》をさがさせる『モノをさがす』訓練《くんれん》。

チッチがどこかに行《い》くと、アルマは目《め》で追《お》ってしまうので、チッチには横《よこ》にいてもらうことにしました。

「アルマ、白《しろ》い布《ぬの》をさがしだしてこい」

……。

「白《しろ》い布《ぬの》をさがして見《み》つけるんだ！」

……。

健太《けんた》の命令《めいれい》に、アルマはまるで反応《はんのう》しません。

たまりかねたチッチが、

「土手《どて》があやしいよ～」

そう言《い》って土手《どて》を指《ゆび》さすと、アルマがその方向《ほうこう》にトボトボと歩《ある》いていきます。

「教《おし》えたら訓練《くんれん》にならないだろ！」

「だって〜」

土手《どて》をウロウロするアルマが、突然《とつぜん》、ハッハッ。

前足《まえあし》でなにかを掘《ほ》りはじめます。

「なにか、見《み》つけたみたい！」

「え……」

けれど、そこは健太《けんた》が布《ぬの》をかくしたのとは、まったくちがう場所《ばしょ》でした。

アルマがなにかをくわえ、もどってきます。

そして、健太《けんた》たちの前《まえ》にそれを落《お》とし、
ワンワン！

それを見《み》てチッチが笑《わら》いました。

「アハハ。ゴムまりが落《お》ちてたんだ」

ワンワン！

ゴムまりは土《つち》にうまっていた部分《ぶぶん》が黒《くろ》く変色《へんしょく》し、形《かたち》もくずれていました。でも、それを見《み》つけたアルマはうれしそうに、これで遊《あそ》ぼう！　とばかりに健太《けんた》たちのまわりを、ワンワンと飛《と》びはねています。

「ふざけるな‼」

健太《けんた》は怒《おこ》って、ゴムまりを遠《とお》くに投《な》げました。

「もう！　おにいちゃん」

しかし、アルマは、

ワンワン！

一目散《いちもくさん》にボールを追《お》いかけ、再《ふたた》び、くわえてもどってきました。遊《あそ》んでもらっているとかんちがいしているようです。

「……」

健太《けんた》は怒《いか》りを通《とお》りこし、なさけなくなってきました。

アルマにも。

自分《じぶん》にも……。

そのとき、土手《どて》の上《うえ》から、丸井《まるい》と横山《よこやま》がやってきました。

「よう！　今度《こんど》は野球《やきゅう》の練習《れんしゅう》か？」

彼《かれ》らは健太《けんた》の様子《ようす》をずっと見《み》ていたようです。

「シェパードといっても、ノラ犬《いぬ》とかわらないな」

「ほんとうはシェパードじゃなかったりして」

「アハハハハ」

健太《けんた》はこぶしをにぎりました。

「そんな犬《いぬ》が戦争《せんそう》に行《い》ったら兵隊《へいたい》さんの迷惑《めいわく》になるんじゃないのか？」

「バカ犬《いぬ》だもんな」

「この野郎《やろう》！」

健太《けんた》が飛《と》びかかろうとすると、

「アルマをバカにするな!!」

チッチが丸井《まるい》と横山《よこやま》に砂《すな》を投《な》げつけました。

「イテッ！」

「なにしやがる！」

丸井《まるい》がチッチの手《て》をつかみ、自分《じぶん》のほうにひっぱります。

健太《けんた》の前《まえ》には横山《よこやま》がいて、すぐに丸井《まるい》をとめることができません。

「キャ」

チッチがおどろきの声《こえ》をあげた瞬間《しゅんかん》――

ガウッ！

アルマがものすごいいきおいで、丸井《まるい》に飛《と》びかかりました。

「ギャッ！」

丸井《まるい》が悲鳴《ひめい》とともに、その場《ば》に倒《たお》れこみます。

アルマが牙《きば》をむけたのは、チッチの手《て》をつかんだ丸井《まるい》の右《みぎ》うででした。

「やめろ、アルマ！」

健太《けんた》はすぐにアルマのからだを両手《りょうて》でおさえました。

丸井《まるい》の右《みぎ》うでからは血《ち》が流《なが》れ、川原《かわら》の石《いし》に赤《あか》い滴《しずく》がぽたぽたと落《お》ちていきます。

「痛《いた》い、痛《いた》いよ……」

丸井《まるい》がうでをおさえ、うずくまります。

血《ち》はなかなかとまりません。

横山《よこやま》はふるえていました。

「わ〜〜ん」

チッチが大声《おおごえ》で泣《な》きだします。

健太《けんた》は興奮《こうふん》するアルマを、

「もういい、アルマ、うん。大丈夫《だいじょうぶ》だ」

と、なだめました。

クーン。

アルマはようやく落《お》ちつきを取《と》りもどします。そして、「アルマ〜〜」と、だきついてくるチッチの涙《なみだ》を、ペロペロとなめはじめました。

チッチを守《まも》るために、アルマが丸井《まるい》のうでをかんだのはあきらかでした。でも、そんな言《い》い訳《わけ》がつうじるはずがありません。

（どうしよう……）

丸井《まるい》の痛《いた》がる姿《すがた》に、健太《けんた》は「大丈夫《だいじょうぶ》か？　痛《いた》いか？」と、オロオロすることしかできません。

「どうしたの!?」

そのとき、土手《どて》の上《うえ》からあわてておかけてくる女性《じょせい》がいました。

それは、健太《けんた》の担任《たんにん》の高橋先生《たかはしせんせい》でした。

7 飼《か》い主《ぬし》の責《せき》任《にん》

夕方《ゆうがた》——

電信柱《でんしんばしら》の電球《でんきゅう》がオレンジ色《いろ》に灯《とも》りはじめたころ、健太《けんた》は丸井《まるい》の家《いえ》にむかって歩《ある》いていました。

お母《かあ》さんと高橋先生《たかはしせんせい》もついてきてくれています。

「先生《せんせい》にまでご足労《そくろう》をおかけして、申《もう》し訳《わけ》ございません」

「いえ、私《わたし》は健太《けんた》くんの担任《たんにん》ですから」

二人《ふたり》の会話《かいわ》を聞《き》きながら、

(悪《わる》いのはぼくだ……)

健太《けんた》は心《こころ》の底《そこ》からそう思《おも》っていました。

あのあと――

健太《けんた》は丸井《まるい》の手当《てあ》てのため、高橋先生《たかはしせんせい》とすぐに町《まち》の病院《びょういん》へ行《い》きました。

先生《せんせい》は学校《がっこう》から自宅《じたく》に帰《かえ》るとちゅう、健太《けんた》たちの姿《すがた》をたまたま見《み》かけたということでした。

「どれどれ」

お医者《いしゃ》さんは、健太《けんた》もちいさいころからお世話《せわ》になっている『タコ先生《せんせい》』。

苗字《みょうじ》が『多古《たこ》』。しかし、子《こ》どもたちからは頭《あたま》がはげていて、顔《かお》が少《すこ》し赤《あか》みがかっているから『タコ』なのだと思《おも》われています。

タコ先生《せんせい》は丸井《まるい》のうでの傷《きず》よりも、犬《いぬ》の伝染病《でんせんびょう》である『狂犬病《きょうけんびょう》』を心配《しんぱい》しました。

でも、アルマが予防注射《よぼうちゅうしゃ》を打《う》っていることを伝《つた》えると、

「なら大丈夫《だいじょうぶ》。血《ち》もすっかりとまったしな」

と、健太《けんた》たちの顔《かお》を見《み》てほほえみました。

（よかった……）

健太《けんた》は胸《むね》をなでおろします。

「しかし、子《こ》どもだけでシェパードをつれまわすのは感心《かんしん》せんなぁ。シェパードはかしこい犬《いぬ》だが、獰猛《どうもう》で、人《ひと》を殺《ころ》す能力《のうりょく》もあるって知《し》ってるか？」

「……はい」

ちいさな声《こえ》で健太《けんた》が答《こた》えます。

「今回《こんかい》はたまたまこの程度《ていど》のケガですんだが、ちゃんと考《かんが》えて飼《か》わないと、みんなに迷惑《めいわく》だぞ。あと、犬《いぬ》にもな」

「……」

タコ先生《せんせい》に言《い》われ、健太《けんた》はますます、

(大変《たいへん》なことをしてしまった)

と、感《かん》じました。

「ほんとうにごめんな」

病院《びょういん》をでたあと、健太《けんた》は丸井《まるい》に頭《あたま》をさげます。

しかし、丸井《まるい》は横《よこ》をむいたまま。

「いいよ」とは言《い》ってくれません。

高橋先生《たかはしせんせい》といっしょに丸井《まるい》を自宅《じたく》まで見送《みおく》ったあと、「健太《けんた》くんの親御《おやご》さんにも、事情《じじょう》をお話《はな》ししましょう」と、先生《せんせい》は健太《けんた》たちの家《いえ》にもやってきました。

お母《かあ》さんは話《はなし》を聞《き》いて「すぐにあやまりに行《い》きます」と、作《つく》りかけの料理《りょうり》もそのままに、かっぽう着《ぎ》（家事《かじ》のときに着《き》るもの）をぬぎました。

（ぼくがちゃんとしてなかったから、こんなことになったんだ……）

健太《けんた》は落《お》ちこみました。

アルマの食事《しょくじ》はできていたので、チッチにはアルマと待《ま》つように言《い》いのこし、家《いえ》をでました。

丸井《まるい》の家《いえ》の前《まえ》につくと、

「許《ゆる》してもらうまで、あやまりましょうね」

お母《かあ》さんの言葉《ことば》に健太《けんた》がうなずきます。

表札《ひょうさつ》には、家族全員《かぞくぜんいん》の名前《なまえ》が書《か》いてありました。丸井《まるい》は六人兄弟《にんきょうだい》の末《すえ》っ子《こ》のようです。

ふだん、丸井《まるい》と遊《あそ》ばないので、そんなことも知《し》りませんでした。

「ごめんくださいませ」

丸井《まるい》のお父《とう》さんがでてきました。太《ふと》めで小柄《こがら》。ダルマさんのような人《ひと》だと健太《けんた》は思《おも》いました。

お母《かあ》さんは、丸井《まるい》のお父《とう》さんにかんたんなあいさつをすませたあと、

「お坊《ぼっ》ちゃまに痛《いた》い思《おも》いをさせて、なんておわびをしたらよいか……。ほんとうに申《もう》し訳《わけ》ございません」

と、頭《あたま》をさげました。健太《けんた》も合《あ》わせて、頭《あたま》をさげます。

家《いえ》のなかから丸井《まるい》がチラチラとのぞいていました。

「あやまればすむ問題《もんだい》じゃないだろ？　聞《き》けば、かんだのはシェパードっていうじゃないか。そんな凶暴《きょうぼう》な犬《いぬ》、子《こ》どものうでがちぎれたらどうするんだ！」

「ほんとうに申《もう》し訳《わけ》ございません」

健太《けんた》は頭《あたま》をさげながらも、

（お父《とう》さんさえいてくれたら、丸井《まるい》のお父《とう》さんも遠慮《えんりょ》して、こんなに強《つよ》く言《い》うことはないだろうに……）

と思《おも》いました。

そのあとも、丸井《まるい》のお父《とう》さんは「子《こ》どもだけで、そんな犬《いぬ》を外《そと》につれだすのは非常識《ひじょうしき》だ」などと、お母《かあ》さんを責《せ》めたてます。

「これからどうするつもりだ？」

「これからと申《もう》しますと……」

お母《かあ》さんと同《おな》じく、健太《けんた》も意味《いみ》がわかりません。

「また子《こ》どもだけでシェパードをつれまわすのかって、聞《き》いてるんだ！」

えっ!?

すると、

「……わかりました。二度《にど》と子《こ》どもだけで、犬《いぬ》を外《そと》につれだしません」

お母《かあ》さんの口調《くちょう》からは、覚悟《かくご》のようなものを感《かん》じました。

そんな約束《やくそく》をしたらアルマは……。

（なにか言《い》わなくちゃ）

しかし、丸井《まるい》のお父《とう》さんをどう説得《せっとく》すればいいのか？　いい言葉《ことば》が思《おも》いつきません。

犬《いぬ》のやったことは飼《か》い主《ぬし》の責任《せきにん》。

でも……

取《と》りかえしのつかないことをしてしまった恐怖《きょうふ》に、足《あし》がふるえてきます。

ぼくはどうすればいい？

どうすれば……。

丸井《まるい》のお父《とう》さんが言《い》います。

「ぜひ、そうしてくれ」

「はい」

「……」

大事《だいじ》なことが大人《おとな》たちのあいだで勝手《かって》に決《き》められていく状況《じょうきょう》に、健太《けんた》はなにもすることができません。

すると、

「さすがにそれは、健太《けんた》くんたちがかわいそうなのではないでしょうか」

そのやりとりを後《うし》ろで聞《き》いていた高橋先生《たかはしせんせい》が言《い》ってくれました。

（先生《せんせい》……）

「たしかに丸井《まるい》くんにケガをさせたワンちゃんは悪《わる》いことをしましたが、子《こ》どもたちから話《はなし》を聞《き》くと、ワンちゃんは、丸井《まるい》くんから健太《けんた》くんの妹《いもうと》である千津《ちづ》ちゃんを守《まも》ろうとしたようなんです。それにケンカ両成敗《りょうせいばい》とも言《い》いますし」

自分《じぶん》の意見《いけん》に逆《さか》らうような高橋先生《たかはしせんせい》を、

「はぁ？」

と、丸井《まるい》のお父《とう》さんがにらみつけます。すると先生《せんせい》は語気《ごき》を強《つよ》め、

「学校《がっこう》でもこまっている友《とも》だちがいたら、たすけるように言《い》っています！　そういう正義《せいぎ》感《かん》、私《わたし》は大切《たいせつ》だと思《おも》うんです！」

「犬《いぬ》と人間《にんげん》をいっしょにするんじゃねぇ！」

残念《ざんねん》ながら、高橋先生《たかはしせんせい》の意見《いけん》は「的《まと》はずれだ」と一喝《いっかつ》されてしまいました。

けれど、健太《けんた》は大人《おとな》のなかにもようやく自分《じぶん》の味方《みかた》がいたような気《き》がしました。

高橋先生《たかはしせんせい》の言《い》うとおりだ。

アルマは悪《わる》くない。

あれはアルマの正義感《せいぎかん》だ。

帰《かえ》り道《みち》――

高橋先生《たかはしせんせい》と別《わか》れたあと、健太《けんた》はお母《かあ》さんにひと言《こと》あやまっただけで、それ以上《いじょう》はなにも言《い》いませんでした。

あの約束《やくそく》……

お母《かあ》さんは本気《ほんき》なのか？

お母《かあ》さんも、なにも言《い》いません。

北《きた》の空《そら》に、北斗七星《ほくとしちせい》がまたたいていました。

これからどうなってしまうのか？

健太《けんた》は、ただただ不安《ふあん》でした。

「ただいま」

玄関《げんかん》の扉《とびら》をあけると、すぐにアルマとチッチが走《はし》ってくると思《おも》いましたが、

「あれ？」

「どうしたのかしら？」

お母《かあ》さんも不思議《ふしぎ》に感《かん》じているようです。

妙《みょう》な胸《むな》さわぎがしました。

健太《けんた》はすぐに靴《くつ》をぬぎ、

「千津《ちづ》！　アルマ！」

チッチとアルマをさがします。

そして、台所《だいどころ》にむかうと――

ヒック、ヒック。

土間《どま》からチッチの泣《な》き声《ごえ》が。

「千津《ちづ》？」

チッチの顔《かお》は、涙《なみだ》でくしゃくしゃにぬれていました。

「どうした!?」

「おにいちゃん……。アルマが、アルマがヘンなの……」

「え？」

アルマはからだを横《よこ》にし、おなかをふくらませたり、へこませたり、全身《ぜんしん》で呼吸《こきゅう》をくりかえしています。

そして突然《とつぜん》、
グゲ、グゲ。

今《いま》まで聞《き》いたことがない声《こえ》で、胃《い》から押《お》しあげるように、口《くち》から黄色《きいろ》い液体《えきたい》のようなものをはきだしました。

「アルマ!!」

お母《かあ》さんがやってきました。

「どうしたの!?」

「アルマが、アルマがおかしいんだ!」

8 アルマのために

「どうしたんだよ、アルマ……」

横《よこ》たわるアルマのそばにはチッチのおわんが転《ころ》がっていました。

苦《くる》しそうにフーフーと息《いき》をするアルマ。

ヨダレは白《しろ》くネバネバ、目《め》はうつろ。

鼻《はな》はかわき、しっぽもだらりと投《な》げだしていました。

健太《けんた》はアルマの背中《せなか》を、さすってやります。

気持《きも》ちが悪《わる》くてはきそうなとき、お母《かあ》さんにやってもらったように、ゆっくり、ゆっくり。

それが犬《いぬ》に効果《こうか》があるのかは、わかりません。

でも、やらないよりはマシだと思《おも》いました。

となりでチッチが泣《な》いています。

「アルマ〜、アルマ〜」

しばらくすると、土間《どま》の外《そと》からお母《かあ》さんの声《こえ》が聞《き》こえてきました。

「お願《ねが》いします」

「おう！」

戸《と》がひらき、お母《かあ》さんに続《つづ》いて牛乳屋《ぎゅうにゅうや》さんの橋本《はしもと》さんが入《はい》ってきました。

橋本《はしもと》さんはお母《かあ》さんの友《とも》だちのご主人《しゅじん》。

健太《けんた》の家《いえ》にも牛乳《ぎゅうにゅう》を配達《はいたつ》してもらっていて、アルマのことも知《し》っています。

「あとはおじさんにまかせとけ！」

お母《かあ》さんはアルマをゆずってくれた人《ひと》に、アルマを診《み》てもらおうと考《かんが》えましたが、アルマをだいていくには遠《とお》く、橋本《はしもと》さんに手伝《てつだ》ってもらうことにしたのです。

日本《にほん》ではまだ獣医《じゅうい》の数《かず》が少《すく》なく、健太《けんた》たちの町《まち》に、アルマを診《み》てくれるような人《ひと》はいません。獣医《じゅうい》は軍《ぐん》の関係者《かんけいしゃ》に多《おお》く、お父《とう》さんならどこにいるのか知《し》っているのかもしれませんが、お母《かあ》さんもそこまでは聞《き》いていませんでした。

「じゃあ、健坊《けんぼう》、チッチ！　行《い》ってくるな」

「お願《ねが》いします！」

橋本《はしもと》さんは、配達《はいたつ》で使《つか》っているリヤカーにお母《かあ》さんとアルマを乗《の》せ、自転車《じてんしゃ》でリヤカーをひっぱっていきます。

自転車《じてんしゃ》でも一時間《じかん》近《ちか》くかかる夜《よる》の道《みち》。

「アルマ、がんばれよ」と言《い》いながら、橋本《はしもと》さんの姿《すがた》は消《き》えていきました。

お母《かあ》さんから「きっと大丈夫《だいじょうぶ》よ。先《さき》に寝《ね》ていなさい」と言《い》われたけれど、健太《けんた》はアルマのことが心配《しんぱい》で、とても眠《ねむ》る気《き》にはなれませんでした。

となりのふとんから、

「アルマ、だいじょうぶだよね？」

チッチの声《こえ》がします。

「ああ」

チッチは「わたしもおきてる」と言《い》っていましたが、泣《な》きつかれたようで、やがて寝息《ねいき》が聞《き》こえてきました。

健太《けんた》は、チッチのふとんを肩《かた》まで入《はい》るようなおしてやりました。

アルマと寝《ね》るのがあたり前《まえ》のようになっていた今《いま》、部屋《へや》がとても広《ひろ》く感《かん》じます。

「アルマ……」

健太《けんた》はずっと天井《てんじょう》をながめています。

アルマとはなれたくなくて、軍用犬《ぐんようけん》に育《そだ》てようと思《おも》っていたけど……。

でも、アルマは楽《たの》しそうじゃなかった。

あげく、丸井《まるい》をあんな目《め》に……。

――みんなに迷惑《めいわく》だぞ。あと、犬《いぬ》にもな。

……タコ先生《せんせい》の言葉《ことば》がよみがえります。

みんなに、アルマを「凶暴《きょうぼう》な犬《いぬ》」と思《おも》わせてしまった。

アルマのからだはまだ大《おお》きくなる。

丸井《まるい》のお父《とう》さん以外《いがい》にも、「子《こ》どもだけで外《そと》で遊《あそ》ばせるのは危険《きけん》」と思《おも》う人《ひと》もいるかもしれない。

そしてなによりも……

アルマが苦《くる》しんでいても、なにもできなかった。

そんなぼくに、飼《か》い主《ぬし》としての資格《しかく》があるのか?

ぼくのせいで、アルマを苦《くる》しめたくない。

アルマに幸《しあわ》せになってもらいたい……。

その気持《きも》ちに、いつわりはありませんでした。

ならば、取《と》るべき道《みち》はひとつ——。


深夜《しんや》二時《じ》すぎ——

健太《けんた》はいつのまにか、眠《ねむ》っていました。でも、外《そと》の物音《ものおと》で目《め》が覚《さ》めます。

「起《お》きてたの?」

「うん……」

橋本《はしもと》さんがアルマを家《いえ》のなかに運《はこ》んでくれているところでした。

「じゃあ、奥《おく》さん、オレはここで」

「ほんとうにありがとうございました」

「いいって、いいって。じゃ、健坊《けんぼう》、おやすみな」

「ありがとうございました」

リヤカーをひいた自転車《じてんしゃ》をこぎながら去《さ》っていく橋本《はしもと》さんを見《み》ながら、健太《けんた》は、

(朝《あさ》の配達《はいたつ》があるから、今日《きょう》は寝《ね》られないかもしれないな……)

と、申《もう》し訳《わけ》ない気持《きも》ちでいっぱいになりました。

土間《どま》に毛布《もうふ》を敷《し》いてやり、アルマを寝《ね》かせてやります。

健太《けんた》たちの部屋《へや》で寝《ね》かせるより、そのほうが落《お》ちついて寝《ね》られると思《おも》ったからです。

「アルマ……」

いつもの元気《げんき》はありませんが、アルマは健太《けんた》の呼《よ》びかけにゆっくりとしっぽをふりました。

「まだ本調子《ほんちょうし》じゃないだろうけど、お薬《くすり》を飲《の》んでからだいぶ落《お》ちついたみたい」

「そう……よかった」

健太《けんた》がアルマをギュッとだきしめます。

ほおにチクチクとあたるかたい毛《け》。からだは大《おお》きくなっても、アルマのにおいははじめてだいたあの日《ひ》のものとかわりません。

「ほんとうに、よかった……」

お母《かあ》さんが聞《き》いてきた話《はなし》によれば、アルマは中毒症状《ちゅうどくしょうじょう》を起《お》こしたようでした。

原因《げんいん》は、ショウガ。

「千津《ちづ》が自分《じぶん》の夕飯《ゆうはん》を食《た》べさせようと思《おも》ったんじゃないかしら。野菜《やさい》のゆで汁《じる》に、ショウガを切《き》って入《い》れていたから、それをアルマが食《た》べたみたい」

犬《いぬ》は、ワサビ、ショウガ、カラシ、コショウのような刺激物《しげきぶつ》をあたえると、中毒症状《ちゅうどくしょうじょう》を起《お》こすことがあるそうです。

もちろん、犬《いぬ》の体質《たいしつ》によってちがいがあり、「少《すこ》しの量《りょう》ならからだをあたためる効果《こうか》があっていい」と考《かんが》える飼《か》い主《ぬし》もいると、お母《かあ》さんは聞《き》いてきたことを説明《せつめい》してくれました。

「アルマのからだにショウガは合《あ》わなかったのよ」

お母《かあ》さんは家族《かぞく》の食事《しょくじ》と、アルマの食事《しょくじ》をべつべつに作《つく》っていたそうですが、健太《けんた》はそんなことも知《し》りませんでした。

「千津《ちづ》を責《せ》めないであげて」

健太《けんた》のお願《ねが》いに、お母《かあ》さんは、

「もちろん」

と、ほほえんでくれました。

きっとチッチは、自分《じぶん》を守《まも》ってくれたアルマに感謝《かんしゃ》の気持《きも》ちを伝《つた》えたくて、自分《じぶん》の食事《しょくじ》をアルマにあたえたのだと思《おも》いました。

自分《じぶん》だって同《おな》じようなことをしていたかもしれない。

「アルマは……」

健太《けんた》は少《すこ》し言《い》いよどんでから、力強《ちからづよ》くお母《かあ》さんに言《い》います。

「アルマは、犬《いぬ》にくわしい人《ひと》に、ゆずったほうがいいと思《おも》う」

「え？」

お母《かあ》さんは少《すこ》しおどろき、健太《けんた》の顔《かお》をじっと見《み》つめてきました。

つらい選択《せんたく》でした。

けれどそれが、健太《けんた》が今《いま》できるアルマへのせいいっぱいの愛情《あいじょう》。

お母《かあ》さんの目《め》を見《み》たら決意《けつい》がゆらいでしまいそうで、健太《けんた》はくちびるをかみしめてうつむきます。

「……わかった」

お母《かあ》さんの手《て》が、やさしく健太《けんた》の頭《あたま》にふれたと同時《どうじ》に、健太《けんた》の瞳《ひとみ》から大《おお》つぶの涙《なみだ》がポロポロとこぼれていきました。

9 犬《いぬ》一《いち》兄《にい》ちゃん

昭和《しょうわ》十六年《ねん》、六月《がつ》の日曜日《にちようび》——

市営《しえい》バスが黒《くろ》い煙《けむり》をモクモクとはきながら走《はし》っていく道《みち》のわきを、健太《けんた》はチッチと歩《ある》いていました。

健太《けんた》は地図《ちず》を手《て》に、

「たしか、こっちだと思《おも》うんだけど」

と、道《みち》をかくにんします。

「ほんとう？」

目指《めざ》すのは、商店街《しょうてんがい》にある金物屋《かなものや》さん。

おとといから、アルマはそこであずかってもらっていました。

お母《かあ》さんはすでにあいさつにきていましたが、健太《けんた》たちがそこに行《い》くのは今日《きょう》がはじめて。アルマをあずかってくれる人《ひと》とも、まだ、会《あ》っていません。

「あそこだ」

商店街《しょうてんがい》の入《い》り口《ぐち》からすぐの場所《ばしょ》に、金物屋《かなものや》さんの看板《かんばん》を見《み》つけました。店先《みせさき》に金《かな》ダライ(金属製《きんぞくせい》のタライ)やヤカンがつるしてあり、日《ひ》かげでは茶色《ちゃいろ》い犬《いぬ》が寝《ね》そべっています。

「ワンちゃんだ!」

「千津《ちづ》!」

犬《いぬ》にむかって走《はし》りだそうとするチッチをとめます。

「ちゃんとごあいさつするぞ」

「うん」

二人《ふたり》は深呼吸《しんこきゅう》をしました。

「ごめんください!」

店《みせ》の奥《おく》から「はいはい、ご用《よう》でしょうか」と、ふくよかなからだつきの、人《ひと》のよさそうなおばさんがやってきます。

健太《けんた》たちは気《き》をつけの姿勢《しせい》で、昨日《きのう》、なんども練習《れんしゅう》をしたあいさつをはじめました。

「はじめまして、私《わたくし》、川上健太《かわかみけんた》と申《もう》します」

「ちづともうします」

「このたびは、アルマをこころよくあずかってくださり、まことにありがとうございます」

「ありがとうございます」

「朝比奈太一殿《あさひなたいちどの》は、おられますでしょうか」

「――しょうか」

あいさつをしているあいだ、おばさんはずっとほほえんでいました。

「さすが軍人《ぐんじん》さんのお子《こ》さん。しっかりしてるわ～」

そう言《い》われると健太《けんた》はほこらしくなります。

「おばさんの名前《なまえ》は近藤房子《こんどうふさこ》といいます。二人《ふたり》ともずいぶん、歩《ある》いたでしょう。ようかんがあるの。今《いま》、お茶《ちゃ》をいれるわ」

「ほんとう!?」

「千津《ちづ》」

思《おも》わず反応《はんのう》してしまったチッチを、健太《けんた》がたしなめます。

「いえ。まずは朝比奈殿《あさひなどの》に、ごあいさつをさせていただきたく――」

すると房子《ふさこ》おばさんは、

「ふふ。もういいわ。それにその朝比奈殿《あさひなどの》は、あなたたちのように、キチンとあいさつができるような人《ひと》じゃないから。〝太一兄《たいちにい》ちゃん〟でじゅうぶんよ」

え？

「犬《いぬ》とのつき合《あ》いはうまいけど、人間《にんげん》はからっきしダメ。だから太一《たいち》じゃなく、『犬一《いぬいち》』と呼《よ》ばれているのよ。親《おや》が名前《なまえ》をつけるとき、『点《てん》』を打《う》つ位置《いち》をまちがえたんだって」

健太《けんた》はどんな人《ひと》なのか、想像《そうぞう》がつきません。

「今《いま》、呼《よ》んであげるわ。太一《たいち》さーん！　お客《きゃく》さまよ！」

房子《ふさこ》おばさんの大《おお》きな声《こえ》に、

「は、はい！」

その人《ひと》が裏口《うらぐち》からやってきました。

ガシャーンと売《う》り物《もの》のバケツをひっくりかえしています。

「あ〜〜」

その様子《ようす》を見《み》て、房子《ふさこ》おばさんがため息《いき》をつきました。

「ね。あなたたちのほうが、よっぽどしっかりしてるでしょ？」

「……」

そして健太《けんた》がさっきと同《おな》じようなあいさつをすると、太一《たいち》さんと呼《よ》ばれた男《おとこ》の人《ひと》は、

「はぁ……」

と、気《き》のない返事《へんじ》。

「なに、ぼうっとしてるの！　それとも、キレイな先生《せんせい》がいっしょじゃなくてガッカリした？」

「ち、ちがいますよ」

房子《ふさこ》おばさんにそう言《い》われてようやく、

「ぼくの名前《なまえ》は朝比奈太一《あさひなたいち》です。いや、申《もう》します」

と、あいさつをしてくれました。

「……」

おせじにも頼《たよ》りがいのある人《ひと》には見《み》えませんでした。

やせっぽちで、髪《かみ》はボサボサ。

背《せ》は低《ひく》く、健太《けんた》のお母《かあ》さんと同《おな》じくらい。

かけているメガネが少《すこ》しずれ、ズボンからシャツがでています。

今年《ことし》大学《だいがく》に入学《にゅうがく》したばかりで、金物屋《かなものや》さんに下宿《げしゅく》させてもらっているということでした。

（大丈夫《だいじょうぶ》かな……）


太一兄《たいちにい》ちゃんを紹介《しょうかい》してくれたのは高橋先生《たかはしせんせい》でした。

そこにいたるまでには、ちょっとしたいきさつが……。

最初《さいしょ》、お母《かあ》さんはアルマをゆずってくれた人《ひと》に相談《そうだん》しました。

そこで紹介《しょうかい》してもらったのが『光塚《みつづか》さん』というお金持《かねも》ち。健太《けんた》は（これでアルマの食《しょく》事《じ》の心配《しんぱい》はなくなる）と、思《おも》いました。

ただ、その人《ひと》の家《いえ》には電車《でんしゃ》やバスを乗《の》りついで行《い》かなければならず、それをチッチに伝《つた》えると、「アルマと会《あ》えなくなっちゃう」と、駄々《だだ》をこねたのです。

こまった健太《けんた》は高橋先生《たかはしせんせい》に相談《そうだん》しました。

すると先生《せんせい》は、「まかせて！」とにっこり。

しかし、あてにしていた知《し》り合《あ》いに直前《ちょくぜん》でことわられてしまい、こまっていたところ、

「商店街《しょうてんがい》にかなりの犬好《いぬず》きがいる」と、紹介《しょうかい》してもらったのが太一兄《たいちにい》ちゃんなのでした。

「悪《わる》い人《ひと》じゃないと思《おも》うわ」

高橋先生《たかはしせんせい》はそう言《い》っていましたが、裏庭《うらにわ》に案内《あんない》してくれる太一兄《たいちにい》ちゃんの背中《せなか》を見《み》ながら、

（ほんとうにそうならいいけど）

と、健太《けんた》は不安《ふあん》にかられました。

ワンワンワン！

裏庭《うらにわ》にやってくると、アルマは健太《けんた》たちの到着《とうちゃく》がわかっていたようで、しっぽを大《おお》きくふって待《ま》っていました。

（アルマだ!!）

「アルマ～」

チッチがアルマにだきつきます。

(アルマが元気《げんき》そうでよかった)

健太《けんた》はホッとしながらアルマとチッチを見《み》ています。

太一兄《たいちにい》ちゃんを見《み》ると、ほほえみながらアルマとチッチを見ています。


「アルマをよろしくお願《ねが》いします」

健太《けんた》が頭《あたま》をさげると、太一兄《たいちにい》ちゃんも頭《あたま》をさげてきました。

「こちらこそ。飼《か》い主《ぬし》であるキミたちに満足《まんぞく》してもらえるよう、アルマを育《そだ》てさせていただきます。ぼくにあずけてくれてありがとう」

「……」

ちょっとだけおどろきました。

健太《けんた》は「アルマをあずかってもらうことを感謝《かんしゃ》しなければならない」と、お母《かあ》さんにも言《い》われています。

なのに、逆《ぎゃく》に感謝《かんしゃ》されるなんて……。

太一兄《たいちにい》ちゃんはほんとうに犬《いぬ》が好《す》きなんだと、うれしくなりました。

「ねぇ、あの犬小屋《いぬごや》に入《はい》っていい？」

チッチが太一兄《たいちにい》ちゃんに言《い》います。

「ああ」

「アルマのためにわざわざ作《つく》ってくれたんですか？」

「そうだよ」

立派《りっぱ》な犬小屋《いぬごや》。板《いた》ばりの床《ゆか》は湿気《しっけ》がたまらないよう、下《した》にすき間《ま》が作《つく》られ、まわりには金網《かなあみ》。なかは大人《おとな》が立《た》てるほどでした。

「ノラ犬《いぬ》だって、夏《なつ》は木《こ》かげで暑《あつ》さをしのぐし、冬《ふゆ》は日《ひ》の当《あ》たる場所《ばしょ》で日光浴《にっこうよく》するだろ？でも、人間《にんげん》が飼《か》う場合《ばあい》、犬《いぬ》は一年中同《いちねんじゅうおな》じ場所《ばしょ》ですごすから、飼《か》い主《ぬし》がそれなりに気《き》をつかってやらなくちゃいけないんだ」

健太《けんた》が小屋《こや》のなかに入《はい》ると、あるモノが目《め》に入《はい》りました。

(ちゃんと使《つか》ってくれている……)

立《た》ちどまってそれを見《み》ていると、太一兄《たいちにい》ちゃんが、

「その毛布《もうふ》でアルマは寝《ね》ていたって聞《き》いたから」

「はい……」

もとは健太《けんた》の毛布《もうふ》でした。

アルマはいつも健太《けんた》のふとんに入《はい》って寝《ね》たがります。だからどんな場所《ばしょ》に行《い》っても落《お》ちついて眠《ねむ》れるように、健太《けんた》はアルマをあずけるとき、この毛布《もうふ》を高橋先生《たかはしせんせい》にわたしていたのです。

「よかった……」

知《し》らぬまにいつもの口調《くちょう》にもどっていました。

すると、チッチが小屋《こや》の外《そと》で待《ま》っていたアルマを指《ゆび》さし、

「アルマを見《み》て！」

「え？」

健太《けんた》が見《み》ると、アルマがヘンな顔《かお》をしていました。

鼻《はな》にシワをよせ、上《うわ》くちびるから歯《は》を見《み》せる、おかしな表情《ひょうじょう》。

威嚇《いかく》の表情《ひょうじょう》に似《に》ているけれど、だす声《こえ》は「ウー」じゃなく、「ヒンヒン」とあまえるような鼻声《はなごえ》です。

その顔《かお》を見《み》て太一兄《たいちにい》ちゃんはおどろいていました。

「あの顔《かお》、よくするの？」

「うん」

健太《けんた》が言《い》うと、チッチも、

「ヘンな顔《かお》でしょ？」

と、にっと笑《わら》います。

「あれは犬《いぬ》の笑顔《えがお》だよ。今《いま》、幸《しあわ》せだって、アルマが笑《わら》っているんだ」

太一兄《たいちにい》ちゃんがこうふん気味《ぎみ》に言《い》います。

その顔《かお》をよく見《み》ていた健太《けんた》も、それが犬《いぬ》の笑顔《えがお》だとは知《し》りませんでした。

人間《にんげん》とちがって、犬《いぬ》はおもしろいことに笑《わら》うのではなく、心《こころ》の底《そこ》から幸《しあわ》せを感《かん》じたときにこの表情《ひょうじょう》を見《み》せると、太一兄《たいちにい》ちゃんが教《おし》えてくれます。

「アルマはキミたちのことが、ほんとうに好《す》きなんだね」

「うん」

健太《けんた》はチッチと同時《どうじ》にうなずきました。

いつまでもアルマの笑顔《えがお》を見《み》ていたい。

健太《けんた》は、やさしい目《め》でアルマを見《み》つめる太一兄《たいちにい》ちゃんの横顔《よこがお》に、きっとお兄《にい》ちゃんも同《おな》じことを考《かんが》えていると感《かん》じました。

10 夏《なつ》の思《おも》い出《で》

空《そら》にもくもくと入道雲《にゅうどうぐも》。

セミの大合唱《だいがっしょう》が聞《き》こえてきます。

健太《けんた》たちの学校《がっこう》が夏休《なつやす》みに入《はい》りました。

「おにいちゃん、はやくはやく」

「ああ」

今日《きょう》も健太《けんた》は、チッチをつれて、アルマに会《あ》いに行《い》きます。

二人《ふたり》が行《い》くと、太一兄《たいちにい》ちゃんはかならずアルマといっしょに遊《あそ》んでくれました。

太一兄《たいちにい》ちゃんがいなくても、「アルマにはいつでも会《あ》いにきていい」とも、言《い》ってくれています。

房子《ふさこ》おばさんもやさしい人《ひと》で、お店《みせ》で飼《か》っている犬《いぬ》の『花子《はなこ》』とも友《とも》だちです。

健太《けんた》たちが商店街《しょうてんがい》にむかうと、たくさんの人《ひと》たちがいました。

日本《にほん》の旗《はた》を持《も》って、ひとりの若者《わかもの》を囲《かこ》んでいます。

バンザーイ、バンザーイ……。

若者《わかもの》はこれから戦争《せんそう》に行《い》くようでした。見送《みおく》りをする商店街《しょうてんがい》の人《ひと》たちが口々《くちぐち》に、「勝《か》ってこい」、「勇《いさ》ましく戦《たたか》ってこい」と、若者《わかもの》をはげましています。

健太《けんた》がその様子《ようす》をながめていると、ちいさな声《こえ》でチッチが、

「お父《とう》さん、どうしてるかな……」

とつぶやきました。

「うん……」

お父《とう》さんが戦争《せんそう》に行《い》ってから半年以上《はんとしいじょう》がすぎていました。

最近《さいきん》は手紙《てがみ》もあまりとどきません。

しかし、

「お父《とう》さんはお国《くに》のために戦《たたか》ってくれているんだから、さびしがってはいけないんだ」

と、健太《けんた》はいつものように言《い》いました。

でも……

心《こころ》のなかでは「お父《とう》さんにはやく会《あ》いたい」と、健太《けんた》だって思《おも》っています。

チッチにかける言葉《ことば》は、くじけそうになる自分《じぶん》をはげますためでもありました。

「健太《けんた》くん、チッチ」

見送《みおく》りの人《ひと》のなかから、太一兄《たいちにい》ちゃんが手《て》をふっているのが見《み》えました。

健太《けんた》たちがかけよります。

「太一《たいち》にいちゃんは、戦争《せんそう》に行《い》かないの？」

「うん。ぼくは学生《がくせい》だから」

チッチの質問《しつもん》に、太一兄《たいちにい》ちゃんはそう答《こた》えます。

健太《けんた》たちのお父《とう》さん（軍人《ぐんじん》）とちがい、一般《いっぱん》の人《ひと》は『徴兵《ちょうへい》』（一般《いっぱん》の人《ひと》を集《あつ》め、兵士《へいし》とすること）といって、国《くに》の命令《めいれい》を受《う》けて戦争《せんそう》に行《い》きます。

このころはまだ、太一兄《たいちにい》ちゃんのような学生《がくせい》は、26歳《さい》まで徴兵《ちょうへい》を受《う》けることはありませんでした。

「でも、ぼくと同《おな》じような年齢《ねんれい》の人《ひと》が戦争《せんそう》に行《い》く姿《すがた》を見《み》ると、なんだか悪《わる》い気《き》がしてくるね」

「……」

駅《えき》にむかって歩《ある》いていく軍服姿《ぐんぷくすがた》の若者《わかもの》を見《み》ながら、太一兄《たいちにい》ちゃんがつぶやきます。

健太《けんた》はなんと言葉《ことば》をかけていいのか、わかりませんでした。

この日《ひ》は、健太《けんた》たちはアルマといっしょに水遊《みずあそ》びをする約束《やくそく》をしていました。

川岸《かわぎし》に立《た》つと、ハエやモロコなどの川魚《かわざかな》が銀色《ぎんいろ》のうろこを光《ひか》らせて、すいすいと泳《およ》いでいるのが見《み》えます。

(あとで釣《つ》って、アルマのごはんにしてもらおう)

健太《けんた》はそう思《おも》いました。

バシャーン!

アルマが水《みず》しぶきをあげ、川《かわ》に飛《と》びこみます。

「アルマ、うまいうまい」

アルマは泳《およ》ぎも得意《とくい》。泳法《えいほう》は犬《いぬ》かき。

太一兄《たいちにい》ちゃんがボールを投《な》げると、水中《すいちゅう》で足《あし》を回転《かいてん》させるように動《うご》かし、ボールをくわえて帰《かえ》ってきます。

「よーし、よーし。アルマ、えらいぞ」

水《みず》からあがってきたアルマを太一兄《たいちにい》ちゃんがなでてやると、アルマはうれしそうにしっぽをふっていました。

房子《ふさこ》おばさんが飼《か》っている花子《はなこ》もいっしょにつれてきています。

でも、花子《はなこ》は水辺《みずべ》にいるサワガニにちょっかいをだしているだけ。

「花子《はなこ》は入《はい》らないの？」と、チッチが聞《き》いても泳《およ》ぐ気《き》はまるでなく、太一兄《たいちにい》ちゃんも「泳《およ》ぎたくなったら泳《およ》ぐさ」と、けっして無理《むり》に水《みず》に入《い》れることはしませんでした。

犬《いぬ》が「楽《たの》しい」と思《おも》うことをさせる。

犬《いぬ》の訓練《くんれん》ではそれがいちばん大切《たいせつ》なことだと、健太《けんた》は太一兄《たいちにい》ちゃんから教《おそ》わりました。

「でも、どうやったら楽《たの》しんでもらえるの？」

「アルマはボールが大好《だいす》きだろ？　なにかを追《お》いかけたがるその習性《しゅうせい》を利用《りよう》するんだ」

太一兄《たいちにい》ちゃんによれば、犬《いぬ》はオオカミがだんだん変化《へんか》していった動物《どうぶつ》で、オオカミの生《せい》活《かつ》に見《み》られる習性《しゅうせい》がたくさん残《のこ》っているということでした。

「イヌ科《か》の動物《どうぶつ》は、まず、においで獲物《えもの》をさがしだし、走《はし》って追《お》いつめ、最後《さいご》に牙《きば》で倒《たお》す」

「うん」

「だから、犬《いぬ》は目《め》の前《まえ》を走《はし》って通《とお》りすぎるものがあると、人《ひと》であれ、自転車《じてんしゃ》であれ、とっさに獲物《えもの》と思《おも》って追《お》いかける習性《しゅうせい》があるんだ。犬《いぬ》をこわがって走《はし》って逃《に》げる人《ひと》がいるけど、そんなことをしたら逆《ぎゃく》に追《お》いかけられるのはあたり前《まえ》のことなんだ」

「じゃあ、アルマはボールを獲物《えもの》と思《おも》っているの？」

「たぶんね。はずんだり、転《ころ》がったり。獲物《えもの》としては最高《さいこう》におもしろいと思《おも》うよ」

そう言《い》って太一兄《たいちにい》ちゃんはボールを手《て》にしました。

それを見《み》たアルマが、
ワンワン！

と、太一兄《たいちにい》ちゃんのまわりを飛《と》びはねます。

「やって見《み》せるよ」

太一兄《たいちにい》ちゃんが一メートルほどの戸板《といた》をその場《ば》に立《た》てかけました。

それは健太《けんた》が訓練《くんれん》をしたときよりも高《たか》いもの。

「行《い》くよ」

健太《けんた》が息《いき》をのみながら見《み》つめます。

太一兄《たいちにい》ちゃんがボールを地面《じめん》にたたきつけました。

ボールがバウンドし、板《いた》をこえていくタイミングで、

「跳《と》べ！」

と、太一兄《たいちにい》ちゃんがさけびます。

するとアルマは逃《に》げる獲物《えもの》を追《お》うように板《いた》を、
ふわっ。

と、跳《と》びこえます。

そしてボールをくわえ、うれしそうにもどってきます。

「よくやった、アルマ、えらい、えらい」

両手《りょうて》でアルマをなでる太一兄《たいちにい》ちゃんを見《み》て、

「すごい……」

思《おも》わず健太《けんた》はつぶやきました。

ボールを追《お》いかけさせ、板《いた》を跳《と》ぶ前《まえ》に「跳《と》べ！」と大《おお》きな声《こえ》で言《い》う。それをなんどもくりかえせば、跳《と》べの合図《あいず》で「目《め》の前《まえ》のものを跳《と》びこえなければいけない」と、犬《いぬ》は理解《りかい》するのです。

さらに太一兄《たいちにい》ちゃんは、

「命令《めいれい》をするときは、言葉《ことば》をひとつに統一《とういつ》したほうがいいよ」

と、教《おし》えてくれました。

たとえば「おすわり」をさせるときも、人間《にんげん》が「おすわり」、「すわれ」と、べつべつの言葉《ことば》を使《つか》えば、犬《いぬ》は二種類《しゅるい》の言葉《ことば》をおぼえたうえに、同《おな》じ動作《どうさ》としてそれを理解《りかい》しなければいけません。

人間《にんげん》の微妙《びみょう》な言葉《ことば》のちがいは、犬《いぬ》にはわからないということでした。

健太《けんた》は太一兄《たいちにい》ちゃんに言《い》いました。

「ぼく、いろいろな言葉《ことば》でアルマに命令《めいれい》していた。それでぜんぜん言《い》うことを聞《き》いてくれないから、アルマはぼくのことが嫌《きら》いなのかもしれないって、思《おも》ってた」

「逆《ぎゃく》だよ。むしろ大好《だいす》きな健太《けんた》くんの言《い》うことがわからなくて、アルマは苦《くる》しんでいたと思《おも》うよ。だから『ぼくのこと嫌《きら》いにならないで』って、訓練《くんれん》のあと、健太《けんた》くんにあまえてきたんじゃないかな？」

「うん」

「犬《いぬ》は大好《だいす》きな人《ひと》のためにがんばる。楽《たの》しいことのためにがんばる。これって人間《にんげん》と同《おな》じだと思《おも》うんだ」

健太《けんた》は自分《じぶん》がやった訓練《くんれん》のことを思《おも》いだしました。

アルマが板《いた》をジャンプしたのは、その先《さき》に千津《ちづ》がいたから。

丸井《まるい》のうでをかんだのも……。

訓練《くんれん》のあとにあまえてきたのも……。

ぜんぶ、ぼくらのことが好《す》きだったからなんだ。

健太《けんた》はうれしくなりました。

「太一兄《たいちにい》ちゃんって、ほんとうにすごいね」

「ちがう、ちがう。ぼくがすごいんじゃなくて、アルマがすごいんだ。こんな犬《いぬ》に、ぼくは出会《であ》ったことがない」

犬《いぬ》以外《いがい》のことはドジな面《めん》も多《おお》いけど、太一兄《たいちにい》ちゃんにアルマをあずかってもらってほんとうによかったと、健太《けんた》は思《おも》いました。


この日《ひ》も健太《けんた》たちは川原《かわら》にきています。

健太《けんた》が釣《つ》りをはじめて一時間《じかん》近《ちか》く。

チッチやアルマは川遊《かわあそ》びをやめたようで、土手《どて》に寝《ね》そべり日《ひ》なたぼっこをしています。

太一兄《たいちにい》ちゃんが、

「おーい、健太《けんた》くん。そろそろ帰《かえ》ろうか！」

と土手《どて》から呼《よ》びかけてきました。

「はい！」

健太《けんた》がバケツをのぞくと、たくさんの川魚《かわざかな》がヒレをゆらゆらと動《うご》かしています。

「へへ」

健太《けんた》は釣《つ》りが得意《とくい》でした。

両手《りょうて》でバケツを持《も》つと、水《みず》がたぷんとゆれ、川魚《かわざかな》たちが活発《かっぱつ》に泳《およ》ぎだします。

「見《み》て！」

健太《けんた》はバケツを太一《たいち》兄《にい》ちゃんに自慢《じまん》げに見《み》せました。

「へ～、大漁《たいりょう》だね」

「これ、アルマに食《た》べさせてよ」

「うん。たすかるよ」

そして、もう一度《いちど》、

「ほんとう、たすかる……」

その横顔《よこがお》に、健太《けんた》は太一《たいち》兄《にい》ちゃんのことが心配《しんぱい》になります。

じつは……

太一《たいち》兄《にい》ちゃんがアルマの食事《しょくじ》にこまっていることを、健太《けんた》は知《し》っていました。

国《くに》から配給《はいきゅう》される食《た》べ物《もの》はじょじょに少《すく》なくなっています。

知《し》り合《あ》いをつうじて野菜《やさい》やお肉《にく》を買《か》わせてもらっていたお母《かあ》さんも、手《て》に入《い》れるのがだんだんむずかしくなってきたと言《い》っていました。

それに、房子《ふさこ》おばさんからも、太一兄《たいちにい》ちゃんは実家《じっか》からの仕送《しおく》り（学校《がっこう》に行《い》くためのお金《かね》）や、庭師《にわし》さんのお手伝《てつだ》いなどで得《え》たお金《かね》を、アルマの食事代《しょくじだい》にあてていると聞《き》いていたのです。

「大丈夫《だいじょうぶ》？　アルマの食事《しょくじ》？」

健太《けんた》が不安《ふあん》そうな顔《かお》をしたからか、

「平気《へいき》、平気《へいき》！　アルマにちゃんとごはんをあげるのは、ぼくの責任《せきにん》だ」

と、太一兄《たいちにい》ちゃんは笑《わら》います。

でも、その言葉《ことば》は、なんだか太一兄《たいちにい》ちゃんが自分自身《じぶんじしん》に言《い》いきかせているように、健太《けんた》は感《かん》じてしまいました。

その帰《かえ》り道《みち》――
太陽《たいよう》がようやく西《にし》にかたむきはじめ、ほおに涼《すず》しい風《かぜ》が通《とお》りすぎていくなか、健太《けんた》たちの先頭《せんとう》を歩《ある》くチッチが、学校《がっこう》で習《なら》った歌《うた》『犬《いぬ》』を歌《うた》っています。

♪外《そと》へ出《で》るときとんできて
追《お》っても追《お》ってもついてくる
アルマはほんとにかわいいな

ほんとうの歌詞《かし》は『ぽち』ですから、チッチの替《か》え歌《うた》。

「ねえ、健太《けんた》くん」

となりを歩《ある》いていた太一兄《たいちにい》ちゃんが、ふと聞《き》いてきます。

「なに？」

「アルマに、軍用犬《ぐんようけん》の試験《しけん》を受《う》けさせたらダメかな？」

軍用犬《ぐんようけん》の試験《しけん》に合格《ごうかく》すれば、食料《しょくりょう》は国《くに》からもらえ、アルマに思《おも》うぞんぶん食《た》べさせてやることができると、太一兄《たいちにい》ちゃんが相談《そうだん》してきたのです。

11 お母《かあ》さんの涙《なみだ》

夜《よる》——

ゲコゲコゲコ、オーオーオー、ビ〜ビ〜。

外《そと》からアマガエルやウシガエル、コオロギの鳴《な》く声《こえ》が聞《き》こえてきます。

となりのふとんではチッチが寝息《ねいき》をたてていました。

——アルマに、軍用犬《ぐんようけん》の試験《しけん》を受《う》けさせたらダメかな？

太一兄《たいちにい》ちゃんが言《い》った言葉《ことば》が耳《みみ》からはなれません。

アルマが軍用犬《ぐんようけん》になる日《ひ》がついに来《く》る！

健太《けんた》は興奮《こうふん》して眠《ねむ》れませんでした。

一般的《いっぱんてき》に、飼《か》っている犬《いぬ》を軍用犬《ぐんようけん》にする場合《ばあい》、生後《せいご》三ヵ月《げつ》から六《ろっ》ヵ月《げつ》のうちに軍《ぐん》の適性《てきせい》検査《けんさ》（軍用犬試験《ぐんようけんしけん》）を受《う》けなければいけません。

合格《ごうかく》すると戦地《せんち》での実戦《じっせん》にそなえて六《ろっ》ヵ月《げつ》の軍事教練《ぐんじきょうれん》（専門家《せんもんか》による訓練《くんれん》）を受《う》け、そこではじめて軍用犬《ぐんようけん》としてみとめられます。

でも、じっさいに戦争《せんそう》に行《い》くのは国《くに》の命令《めいれい》を受《う》けてから。

人間《にんげん》の『徴兵《ちょうへい》』と同《おな》じで、国《くに》から「戦争《せんそう》に行《い》ってください」という通知《つうち》（『召集令状《しょうしゅうれいじょう》』。赤紙《あかがみ》とも呼《よ》ばれています）をもらわなければ、戦争《せんそう》に行《い》くことはありません。

そして太一兄《たいちにい》ちゃんの言《い》うとおり、通知《つうち》がくるまでのあいだ、軍用犬《ぐんようけん》には軍《ぐん》から食料《しょくりょう》が支給《しきゅう》されます。

太一兄《たいちにい》ちゃんは言《い》っていました。

「秋《あき》に軍用犬《ぐんようけん》の試験《しけん》がある。アルマは試験《しけん》のころは生後《せいご》一年《ねん》になるから、ほんとうは試験《しけん》の月齢《げつれい》にあてはまらないんだけど、ぼくの知《し》り合《あ》いが口《くち》をきいてくれると言《い》うんだ。アルマほどの犬《いぬ》はなかなかいないから、ぜひ、そうすべきだって。もちろん、むずかしい試験《しけん》だから、受《う》かるかどうかはわからないけど……」

健太《けんた》は自信《じしん》なく言《い》う太一兄《たいちにい》ちゃんに、

「アルマと太一兄《たいちにい》ちゃんならきっと大丈夫《だいじょうぶ》だよ」

と言《い》って、はげましました。


昼間《ひるま》のことをお母《かあ》さんにまだ話《はな》していなかった健太《けんた》は、夜《よる》、ふとんからでて、お母《かあ》さんのいる居間《いま》にむかいました。

(朝比奈《あさひな》さんにおまかせした以上《いじょう》、私《わたし》たちがとやかく言《い》うことではありません)

そう言《い》われる気《き》もしましたが、ワクワクするこの気持《きも》ちを、自分《じぶん》のなかだけにとどめておくのがもったいなくて、お母《かあ》さんに聞《き》いてもらいたかったのです。

居間《いま》の灯《あか》りが廊下《ろうか》にこぼれていました。

「おかあ……」

そう言《い》いかけて、健太《けんた》は足《あし》をとめます。

お母《かあ》さんが泣《な》いていました。

ちゃぶ台《だい》に両《りょう》ひじをつき、手《て》ぬぐいに顔《かお》をうずめ……

声《こえ》を押《お》しころすかのように肩《かた》をふるわせています。

お母《かあ》さんが泣《な》いているところを見《み》たのははじめてでした。

「……どうしたの？」

健太《けんた》が聞《き》くと、お母《かあ》さんはすぐに涙《なみだ》をふきます。

「起《お》きてたのね」

「……泣《な》いてたの？」

「ううん。なんでもない……」

お母《かあ》さんはそれ以上《いじょう》、涙《なみだ》の理由《りゆう》を言《い》ってくれません。

なにがあったのか、健太《けんた》は聞《き》いてはいけないような気《き》がして、

「……おやすみ」

と言《い》うのがやっとでした。

「ええ。おやすみ」

アルマの話《はなし》をするような雰囲気《ふんいき》ではありません。

（お母《かあ》さんもお父《とう》さんがいなくてさびしいのかな……）

お母《かあ》さんが泣《な》いていた理由《りゆう》を考《かんが》えると、健太《けんた》はますます眠《ねむ》れなくなりました。

それからすぐ――

太一兄《たいちにい》ちゃんはアルマの本格的《ほんかくてき》な訓練《くんれん》に取《と》りかかっていました。

軍用犬《ぐんようけん》の試験《しけん》は十一月《がつ》。あと二ヵ月《げつ》ちょっと。

健太《けんた》はできるだけ太一兄《たいちにい》ちゃんのお手伝《てつだ》いをすると、約束《やくそく》しています。

「アルマは優秀《ゆうしゅう》な犬《いぬ》だし、合格《ごうかく》できなかったら、アルマの力《ちから》をひきだせなかったぼくの責任《せきにん》だ。できるだけお国《くに》の役《やく》にたてるようがんばるよ」

太一兄《たいちにい》ちゃんは苦《くる》しいながらもアルマの食事《しょくじ》には常《つね》に気《き》をつかっているらしく、必要《ひつよう》な栄養《えいよう》をあたえることはもちろん、あたえすぎると体重《たいじゅう》が重《おも》くなり、足《あし》や腰《こし》に負担《ふたん》がかかるので、その日《ひ》の体調《たいちょう》も考《かんが》え、量《りょう》を工夫《くふう》しているそうです。

試験科目《しけんかもく》はおもに三《みっ》つあるそうです。

・作業《さぎょう》によろこんではげめる《作業欲《さぎょうよく》》
・長《なが》い作業《さぎょう》に耐《た》えうる《持久力《じきゅうりょく》》

・雑音《ざつおん》や欲求《よっきゅう》にまどわされない《集中力《しゅうちゅうりょく》》

この三《みっ》つがみとめられないと、いくら高《たか》い板《いた》を跳《と》べたり、はやく走《はし》ることができても、不合格《ふごうかく》になってしまうと太一兄《たいちにい》ちゃんは言《い》います。

《作業欲《さぎょうよく》》に問題《もんだい》はないと思《おも》いました。

アルマは訓練《くんれん》が大好《だいす》きで、いつも楽《たの》しそうに太一兄《たいちにい》ちゃんの号令《ごうれい》にしたがっています。

《持久力《じきゅうりょく》》も心配《しんぱい》はしていません。軍用犬《ぐんようけん》を目指《めざ》す前《まえ》から、アルマの散歩《さんぽ》は欠《か》かしたことがないからです。

しかし、《集中力《しゅうちゅうりょく》》に問題《もんだい》がありました。

試験《しけん》では大《おお》きな音《おと》のなかでも作業《さぎょう》を続《つづ》けられるか、ということも試《ため》されます。

戦地《せんち》では、砲弾《ほうだん》、機関銃《きかんじゅう》など、地《ち》をゆらすような爆撃音《ばくげきおん》があたりにひびきわたるからです。その音《おと》を聞《き》いて、毛並《けな》みが逆立《さかだ》つほどのやる気《き》を見《み》せないと、軍用犬《ぐんようけん》には大切《たいせつ》な命令《めいれい》をたくせないということでした。

でも、アルマはこの爆発音《ばくはつおん》が苦手《にがて》。

そばで爆竹《ばくちく》（花火《はなび》）を鳴《な》らされると、たちまちこわがって、命令《めいれい》を聞《き》かなくなります。

軍用犬《ぐんようけん》の試験《しけん》まで、あと二週間《しゅうかん》――。

訓練《くんれん》は毎日《まいにち》行《おこな》われ、時間《じかん》はあっというまにすぎていきました。

アルマのからだは以前《いぜん》よりたくましさが増《ま》し、走《はし》る姿《すがた》も力強《ちからづよ》さにあふれていると、健太《けんた》は感《かん》じていました。顔《かお》も以前《いぜん》にくらべりりしくなり、《戦《たたか》う犬《いぬ》》の顔《かお》に見《み》えます。

この日《ひ》も爆音《ばくおん》になれる訓練《くんれん》をしていました。

土手《どて》には高橋先生《たかはしせんせい》やクラスの友《とも》だちが見学《けんがく》にきています。

「いいよ」

太一兄《たいちにい》ちゃんの合図《あいず》で、健太《けんた》がマッチをすり、爆竹《ばくちく》の導火線《どうかせん》に火《ひ》をつけます。

「跳《と》べ！」

太一兄《たいちにい》ちゃんの号令《ごうれい》でアルマが走《はし》りだすと、
パンパンパン！

その瞬間《しゅんかん》、アルマはビクッとからだをちぢこませ、立《た》ちどまってしまいました。

「あ〜」

と、土手《どて》からはため息《いき》。

「がんばれ、アルマ」

丸井《まるい》の声《こえ》が聞《き》こえてきました。

健太《けんた》がアルマに言《い》います。

「アルマ。丸井《まるい》も応援《おうえん》しているぞ」

クーン。

じつは、あの出来事《できごと》のあと、健太《けんた》と丸井《まるい》は高橋先生《たかはしせんせい》のおかげで仲《なか》なおりしていたのです。

高橋先生《たかはしせんせい》が太一《たいち》兄《にい》ちゃんとアルマを学校《がっこう》に呼《よ》んでくれ、「丸井《まるい》くんもアルマといっしょに遊《あそ》んだら」と、丸井《まるい》にアルマをさわらせたのがきっかけでした。ペロペロと手《て》をなめてくるアルマに、丸井《まるい》も仲《なか》なおりをしたいと思《おも》ったようで、「あのときは悪《わる》かったな」と、健太《けんた》に言《い》ってくれたのでした。

「もう一度《いちど》やろう」

太一兄《たいちにい》ちゃんの合図《あいず》に、健太《けんた》はまた爆竹《ばくちく》に火《ひ》をつけます。

パンパンパン！

ビクッ。

またもアルマは板《いた》の前《まえ》で立《た》ちどまってしまいました。

「……」

「大丈夫《だいじょうぶ》だよ、アルマ。こい。もう一度《いちど》、やろう」

太一兄《たいちにい》ちゃんがアルマを呼《よ》ぶと、アルマは、

（またやるの？）という顔《かお》をし、もどってきます。

健太《けんた》はアルマがちょっとかわいそうになってきました。

「アルマ、嫌《いや》がってるけど……」

太一兄《たいちにい》ちゃんにそう言《い》うと、

「これだけはなれるしかないよ」

と、太一兄《たいちにい》ちゃんは健太《けんた》が爆竹《ばくちく》を鳴《な》らすたびに、アルマにちいさなビスケットをあたえます。

「……」
複雑《ふくざつ》な思《おも》いでした。
試験《しけん》に受《う》かるために必要《ひつよう》な訓練《くんれん》とわかっていても、アルマをビスケットでだましている
ような気《き》がしてなりませんでした。

その夜《よる》のことでした。

お母《かあ》さんが健太《けんた》の部屋《へや》にやってきます。

「健太《けんた》、起《お》きてる？」

チッチはとっくに寝《ね》ていました。健太《けんた》は眠《ねむ》い目《め》をこすります。

「どうしたの？」

「あなただけに言《い》っておきたいことがあるの」

いつになく深刻《しんこく》な顔《かお》つきです。

「うん……」

なにかを羽織《はお》らないと寒《さむ》いくらいの秋《あき》の夜《よる》でした。

12 現実《げんじつ》

（大事《だいじ》な話《はなし》ってなんだろう）

お母《かあ》さんについて居間《いま》に入《はい》ると、ちゃぶ台《だい》の上《うえ》に一枚《まい》のハガキが置《お》いてあるのが見《み》えました。

細《ほそ》くてキレイな文字《もじ》。

お父《とう》さんの字《じ》ではないことは、すぐにわかります。

健太《けんた》はいつもの場所《ばしょ》へ座《すわ》りました。お父《とう》さんが戦地《せんち》へ行《い》ってから、健太《けんた》は「ぼくがお父《とう》さんのかわりだから」と、お父《とう》さんの座布団《ざぶとん》に座《すわ》るようになっていました。

オレンジ色《いろ》の電球《でんきゅう》の下《した》で、お母《かあ》さんはまだ口《くち》をひらきません。

大事《だいじ》な話《はなし》をどこから話《はな》そうか、迷《まよ》っているようでした。

健太《けんた》はふと、

「お父《とう》さん、大変《たいへん》なのかな？」

と、思《おも》ったことを口《くち》にしました。

「え？」

「ほら、最近《さいきん》、手紙《てがみ》もぜんぜんこないし、きっといそがしいんだよね」

お父《とう》さんからの手紙《てがみ》は、夏以降《なついこう》一通《いっつう》もとどいていませんでした。

健太《けんた》はそれを、「お父《とう》さんが活躍《かつやく》している証拠《しょうこ》だ」とチッチに言《い》っていましたし、自分《じぶん》にもそう言《い》いきかせています。

「この、ハガキはお父《とう》さまのお仲間《なかま》が送《おく》ってくださったの」

お母《かあ》さんが言《い》いました。

「ふうん。軍人《ぐんじん》の人《ひと》？」

「ねぇ健太《けんた》」

「なに？」

「この話《はなし》をあなたにすべきかどうか、私《わたし》は迷《まよ》っていました。でも、あなたは男《おとこ》の子《こ》だし、お父《とう》さまみたいに強《つよ》いと思《おも》うから、話《はな》すことにします。真剣《しんけん》に聞《き》いてちょうだい」

「うん……」

健太《けんた》が姿勢《しせい》を正《ただ》します。

するとお母《かあ》さんは、

「お父《とう》さまのゆくえが、わからないの」

と言《い》いました。

突然《とつぜん》の話《はなし》で、なんのことかわかりません。

「どういうこと？」

「作戦中《さくせんちゅう》、敵《てき》におそわれてお父《とう》さまの部隊《ぶたい》が全滅《ぜんめつ》したんです。つまり……、お父《とう》さまは亡《な》くなった可能性《かのうせい》が高《たか》いの。ただ、お父《とう》さまの遺体《いたい》や遺品《いひん》はまだ見《み》つかってなくて、それで……」

健太《けんた》は「ハハ」と笑《わら》いました。

「なにかのまちがいだよ。お父《とう》さん、強《つよ》いんだよ。からだも大《おお》きいし。敵《てき》におそわれたって、ぜったいにやっつけるよ」

「……」

「うそだ」

お母《かあ》さんは首《くび》をふるだけでした。

「ぜったいにうそだよ!!」

健太《けんた》は大声《おおごえ》でさけびました。

ハガキをつかみます。読《よ》めない漢字《かんじ》ばかりでしたが、お母《かあ》さんが言《い》ったようなことが書《か》かれていることは、なんとなくわかります。

『お国《くに》のために——』

そんな文字《もじ》もありました。

「……うそだ……」

電球《でんきゅう》の灯《あか》りがにじんで見《み》えます。

くちびるのふるえがとまりません。

信《しん》じて待《ま》っていたのに……

たった一枚《まい》のハガキで……

「ちくしょう……」

健太《けんた》はこぶしでたたみをなんども、なんども、たたきます。

かなしくて、くやしくて。

お父《とう》さんの座布団《ざぶとん》に涙《なみだ》がいくつも落《お》ちていきました。

お父《とう》さんのようになりたくて……

お父《とう》さんにみとめられたくて……

今《いま》も毎日《まいにち》、剣道《けんどう》の素振《すぶ》りをしているのに……。

「なんで……なんで……」

お父《とう》さんは家《いえ》にいないことが多《おお》く、いっしょに遊《あそ》んだ記憶《きおく》も友《とも》だちより少《すく》ないかもしれません。

けれど、健太《けんた》の心《こころ》のなかにいるお父《とう》さんはいつも大《おお》きく、忘《わす》れたことは一度《いちど》もありません。

「お父《とう》さん……お父《とう》さん……」

「健太《けんた》!!」

お母《かあ》さんに手《て》をにぎられました。

「しっかりしなさい！」

「……」

なにをどうしっかりすればいいんだよ……。

「お父《とう》さま、あなたにいつもなんて言《い》ってたの？　強《つよ》く、たくましく生《い》きろって。そうおっしゃってたんじゃないの？」

「でも……」

「あなたがみんなを守《まも》るの。これが私《わたし》たちの戦《たたか》いなの！」

「……」

「お父《とう》さまのかわりはだれがするの？」

「……うん……」

「だれがするの!!」

健太《けんた》が顔《かお》をあげると、お母《かあ》さんも泣《な》いていました。

ただ健太《けんた》とちがい、落《お》ちる涙《なみだ》もぬぐわず、まっすぐ健太《けんた》を見《み》つめてきます。

お母《かあ》さんも戦《たたか》っている……

自分《じぶん》だけ逃《に》げてはいけない……

「ぼくが……」

健《けん》太《た》は涙《なみだ》をぬぐいました。

「ぼくが、お父《とう》さんのかわりになる！」

翌日《よくじつ》の朝《あさ》――

健《けん》太《た》はお母《かあ》さんよりもはやく起《お》きました。

となりで眠《ねむ》るチッチを見《み》て、

「……」

そして庭《にわ》にでて、剣《けん》道《どう》の素《す》振《ぶ》りをはじめます。

エイ！　エイ！　ヤァ！

昨日《きのう》の話《はなし》で、お母《かあ》さんはお父《とう》さんのことをチッチにはまだ知《し》らせないと言《い》っていました。

健《けん》太《た》も「そのほうがいい」と答《こた》え、「千《ち》津《づ》はぼくが守《まも》る」と、誓《ちか》いました。

（これがぼくの戦《たたか》いなんだ！）

お父《とう》さんはどこかで生《い》きているかもしれない。

それまでは、ぼくがお父《とう》さんのかわりをつとめるんだ！

お父《とう》さんの遺体《いたい》も遺品《いひん》も見《み》つかっていないので、健太《けんた》はそう思《おも》うことで無理《むり》にでも自分《じぶん》をふるい立《た》たせようとしていたのです。

無理《むり》にでも……。

13 ぼくができること

軍用犬《ぐんようけん》の試験《しけん》まであと一週間《いっしゅうかん》――

うろこ雲《ぐも》が広《ひろ》がる空《そら》の下《した》で、健太《けんた》は爆竹《ばくちく》の導火線《どうかせん》に火《ひ》をつけました。

「跳《と》べ！」

太一兄《たいちにい》ちゃんの号令《ごうれい》で、アルマが板《いた》にむかって走《はし》っていきます。

パンパンパン！

ふわっ。

アルマは板《いた》を跳《と》びこえました。

「よーし、よくやった、アルマ」

太一兄《たいちにい》ちゃんはよろこび、そばで見《み》ていたチッチも、

「すごい、すごい」

と、手《て》をたたきました。

アルマは爆竹《ばくちく》の音《おと》に、だいぶなれてきました。

成功《せいこう》の確率《かくりつ》は現在《げんざい》、六割《わり》から七割《わり》。

「そろそろ終《お》わろうか」

しかし、満足《まんぞく》げな表情《ひょうじょう》でもどってくるアルマを見《み》て、健太《けんた》は次《つぎ》の爆竹《ばくちく》を用意《ようい》します。

「まだまだだよ。本番《ほんばん》まで完璧《かんぺき》にしないと」

訓練《くんれん》の時間《じかん》は一日《にち》およそ二時間《じかん》、と太一兄《たいちにい》ちゃんは決《き》めていました。

長《なが》い時間《じかん》やっても犬《いぬ》はあきてしまう。《適度《てきど》な訓練《くんれん》と、たっぷりの休息《きゅうそく》》。それが太一兄《たいちにい》ちゃんの訓練方針《くんれんほうしん》ということはわかっていました。

でも健太《けんた》は、

「アルマ、やるぞ」

健太《けんた》はお父《とう》さんのことを知《し》って以来《いらい》、まわりが心配《しんぱい》するくらい、どんなことにも必死《ひっし》に取《と》りくんでいました。

なぜなら、健太《けんた》は少《すこ》しでも気《き》がゆるむと、心《こころ》がどこかに行《い》ってしまいそうで……。

かなしみがとめどなくあふれてきそうで……。

それがこわくて、学校《がっこう》の授業《じゅぎょう》でも、アルマとの訓練《くんれん》でも、家《いえ》のお手伝《てつだ》いでも、いつも気《き》を張《は》っていたのです。

「どうしたの、健太《けんた》くん？　学校《がっこう》や家《いえ》でなにかあった？」

太一兄《たいちにい》ちゃんが心配《しんぱい》そうに見《み》つめてきます。

健太《けんた》はその視線《しせん》から逃《に》げるように、

「ううん。なんでもない……」

と答《こた》えました。

すると、手《て》になまあたたかいものがふれます。

「え……」

アルマがペロペロとなめてきたのでした。

（アルマ……）

健太《けんた》はすぐに手《て》をひっこめました。

そのままなめられたら、心《こころ》のなかにためていたものがすべてあふれてきそうで、アルマの顔《かお》すら見《み》られなかったのです。

軍用犬《ぐんようけん》の試験《しけん》が明日《あした》にせまっていました。

この日《ひ》は雨《あめ》。

太一兄《たいちにい》ちゃんは仕上《しあ》げの訓練《くんれん》を行《おこな》うそうですが、健太《けんた》はチッチとの約束《やくそく》で、アルマを応援《おうえん》するための旗《はた》や横断幕《おうだんまく》を作《つく》っていました。

放課後《ほうかご》の教室《きょうしつ》をかり、アルマの応援《おうえん》にきてくれる友《とも》だちも手伝《てつだ》ってくれています。

「アルマ、受《う》かるかな。お父《とう》さんに聞《き》いたら、軍用犬《ぐんようけん》の試験《しけん》はすごいむずかしいって……」

ひとりの生徒《せいと》がそうつぶやくと、チッチが、

「ぜったいにうかるもん！　それでアルマはおとうさんといっしょにたたかうんだ。ね、おにいちゃん」

と、健太《けんた》のほうをふりかえります。

「……」

「ちがうの？」

「ああ。ちがわないよ」

作業《さぎょう》が終《お》わり、健太《けんた》は使用《しよう》した部屋《へや》のカギをかえしに職員室《しょくいんしつ》にむかいました。

高橋先生《たかはしせんせい》が教頭先生《きょうとうせんせい》と話《はなし》をしています。

「高橋先生《たかはしせんせい》もアルマ号《ごう》の応援《おうえん》に行《い》くんですか？」

「ええ……」

高橋先生《たかはしせんせい》たちは健太《けんた》がきていることに気《き》づいていません。

「なにか気《き》になることがあるんですか？」

「もしアルマが戦争《せんそう》に行《い》ってしまったら、千津《ちづ》ちゃんはどうなってしまうんだろうって。千津《ちづ》ちゃんさびしがるだろうな、と……」

健太《けんた》はジッと聞《き》いています。

「お国《くに》のために働《はたら》くんですから、しかたがないですよ」

「ええ。でも軍用犬《ぐんようけん》のほとんどが、戦地《せんち》に行《い》ったきりもどってこないっていうじゃないですか」

え!?

健太《けんた》は思《おも》わず声《こえ》をだしそうになりました。

「戦地《せんち》で亡《な》くなった犬《いぬ》は、ちいさな棺《ひつぎ》にお骨《こつ》を入《い》れてもらい、飼《か》い主《ぬし》のもとへとどけられるそうなんですが、それは運《うん》のいいほうで……」

健太《けんた》はたまらず職員室《しょくいんしつ》を飛《と》びだしました。

その物音《ものおと》で気《き》づいたのか、高橋先生《たかはしせんせい》が、

「健太《けんた》くん!?」

と、呼《よ》びとめる声《こえ》が聞《き》こえてきました。

でも、健太《けんた》はふりかえらずに走《はし》りつづけます。

校門《こうもん》でチッチが傘《かさ》をさして、健太《けんた》のことを待《ま》っていました。

「おにいちゃん！」

声《こえ》をかけられましたが、

「ひとりで帰《かえ》ってろ!!」

そう言《い》うと、健太《けんた》は傘《かさ》をささず、水《みず》たまりをバシャバシャ踏《ふ》みながら川原《かわら》にむかって走《はし》りました。

（アルマもお父《とう》さんのようになるかもしれない……）

高橋先生《たかはしせんせい》が言《い》ったことが頭《あたま》にひびきます。

ダメだ。

それはダメだ！

ハァハァハァ……。

健太《けんた》が川原《かわら》に到着《とうちゃく》しました。

はげしくふる雨《あめ》のなか、太一兄《たいちにい》ちゃんがアルマをだいているのが見《み》えます。

「よーし、よくやった、アルマ。これで10回連続成功《かいれんぞくせいこう》だ！」

太一兄《たいちにい》ちゃんは泥《どろ》だらけになるのも気《き》にせず、アルマのからだをくしゃくしゃとなで、
アルマも太一兄《たいちにい》ちゃんの顔《かお》をペロペロとなめています。

その光景《こうけい》に……

健太《けんた》のいきおいはそがれ、川原《かわら》におりていくことができません。

みんなが「お国《くに》のために」と、戦争《せんそう》に協力《きょうりょく》しているのに、自分《じぶん》だけ「アルマを戦争《せんそう》につれていかないで」なんて、言《い》えるはずがありませんでした。

「アルマに、軍用犬《ぐんようけん》の試験《しけん》を受《う》けさせたらダメかな？」

太一兄《たいちにい》ちゃんに相談《そうだん》されたとき、「アルマと太一兄《たいちにい》ちゃんならきっと大丈夫《だいじょうぶ》だよ」とはげましたのは自分《じぶん》です。

嫌《いや》がるアルマに、爆竹《ばくちく》の音《おと》をなんども聞《き》かせたのも……。

そんなぼくが今《いま》さらなにを言《い》うんだ！

でも、でも……。

ぼくはどうすればいい？

どうすれば……。


その夜《よる》——

健太《けんた》はチッチの寝顔《ねがお》を見《み》ていました。

アルマがいなくなってから、部屋《へや》の壁《かべ》にはチッチが描《か》いたたくさんのアルマの絵《え》がかざられています。

ボール遊《あそ》び。

鬼《おに》ごっこ。
川《かわ》での水泳《すいえい》。
いっしょに寝《ね》たり、トイレに入《はい》っている絵《え》もあります。
チッチが寝言《ねごと》を言《い》いました。
「もうあまえんぼうなんだから……」
夢《ゆめ》のなかでもアルマと遊《あそ》んでいるようでした。
(ぼくが守《まも》ってやるからな)
深夜《しんや》。
健太《けんた》はこっそりと家《いえ》を抜《ぬ》けだしました。
これからやろうとすることがまちがっていることは、健太《けんた》にもわかっています。
けれど、それ以外《いがい》の方法《ほうほう》は思《おも》いつきませんでした。

14 軍用犬《ぐんようけん》アルマ

軍用犬《ぐんようけん》の試験《しけん》がいよいよやってきました。

外《そと》は雲《くも》ひとつない青空《あおぞら》です。

健太《けんた》のとなりで朝《あさ》ごはんを食《た》べるチッチは、はやくもはち巻《ま》きをしていました。

「千津《ちづ》、はち巻《ま》きは会場《かいじょう》に行《い》ってからでもいいんじゃない？」

そうお母《かあ》さんに言《い》われても、

「イヤだ」

と聞《き》きません。

そして健太《けんた》に、

「おにいちゃん、アルマはぜったいにうかるよね？」

と言《い》ってきます。

「ああ……」

健太《けんた》は、太一兄《たいちにい》ちゃんから『今日《きょう》の試験《しけん》を辞退《じたい》する』連絡《れんらく》が入《はい》ると思《おも》っていました。

しかし、連絡《れんらく》はきていません。

健太《けんた》は昨日《きのう》の夜《よる》にやったことをもう一度《いちど》やろうと、再《ふたた》び準備《じゅんび》をはじめました。


軍用犬《ぐんようけん》の試験会場《しけんかいじょう》は町《まち》の中心《ちゅうしん》にあるお城《しろ》の公園《こうえん》です。

健太《けんた》は、高橋先生《たかはしせんせい》とクラスの友《とも》だちと学校近《がっこうちか》くのバス停《てい》で待《ま》ちあわせました。

20分《ぷん》ほどバスにゆられ、お城《しろ》の公園《こうえん》に到着《とうちゃく》すると、

「うわ〜。すご〜い」

と、チッチが声《こえ》をあげます。

広場《ひろば》はまるで運動会《うんどうかい》のような雰囲気《ふんいき》でした。

白線《はくせん》がひかれた競技場《きょうぎじょう》のまわりにはおおぜいの観客《かんきゃく》がいます。

『がんばれ！　○○号《ごう》』などと書《か》かれた横断幕《おうだんまく》がすでにいくつもかかげられており、クラスの友《とも》だちも、

「俺《おれ》たちもいそがなきゃ」

と、みんなで作《つく》った横断幕《おうだんまく》の準備《じゅんび》に取《と》りかかりました。

健太《けんた》がそっとみんなの輪《わ》からはずれようとすると、

「どこに行《い》くの？」

と、高橋先生《たかはしせんせい》に聞《き》かれました。

「便所《べんじょ》です。昨日《きのう》からおなかの調子《ちょうし》が悪《わる》くって」

そう言《い》ってごまかし、健太《けんた》はアルマをさがしにいきました。

競技場《きょうぎじょう》の一角《いっかく》に陸軍《りくぐん》のテントが張《は》られていました。

試験《しけん》を受《う》ける人《ひと》たちが参加《さんか》の手続《てつづ》きをするなかに、太一兄《たいちにい》ちゃんの姿《すがた》も見《み》えました。

「……」

太一兄《たいちにい》ちゃんから逃《に》げるように、健太《けんた》はテントとは逆《ぎゃく》の場所《ばしょ》にある駐車場《ちゅうしゃじょう》にむかいます。

移動用《いどうよう》のオリのなかに、試験《しけん》に参加《さんか》する犬《いぬ》たちがいるのを見《み》つけました。

（あった！）

『アルマ号《ごう》』と書《か》かれたオリを見《み》つけます。

健太《けんた》はだれもいないことをかくにんし、アルマの前《まえ》に腰《こし》をかがめました。

ワンワン！

アルマは遊《あそ》んでほしそうに、鉄格子《てつごうし》のあいだから前足《まえあし》をのばしてきます。

「アルマ……」

健太《けんた》はポケットからあるモノを取《と》りだしました。

それは、家《いえ》から持《も》ってきた一寸《いっすん》クギ（約3センチ）。

「ごめん、アルマ……」

健太《けんた》はアルマがケガをすれば、軍用犬《ぐんようけん》の試験《しけん》に不合格《ふごうかく》となり、戦争《せんそう》に行《い》かずにすむと考《かんが》えたのです。

じつは……

昨日《きのう》の夜《よる》、出《で》かけたのもそのためでした。

房子《ふさこ》おばさんの金物屋《かなものや》さんの裏庭《うらにわ》にしのびこみ、アルマの犬小屋《いぬごや》にむかって、今《いま》と同《おな》じクギを数本《すうほん》投《な》げこんだのです。

しかし、アルマの顔《かお》を見《み》るとためらう自分《じぶん》がいて、目《め》をつぶって投《な》げたので、クギが小《こ》屋《や》に入《はい》ったかどうかはわかりません。
ただ、帰《かえ》り道《みち》、健《けん》太《た》は涙《なみだ》がとまりませんでした。

健《けん》太《た》はクギを手《て》に、アルマに近《ちか》づきました。
「アルマ、お手《て》」
弾力《だんりょく》のある肉球《にくきゅう》が健《けん》太《た》の左手《ひだりて》にのせられます。
健《けん》太《た》の手《て》はふるえていました。
右手《みぎて》でクギをにぎりしめ、おそるおそるアルマの足《あし》に近《ちか》づけます。
しかし、数《すう》センチ先《さき》までクギを持《も》っていくものの……
それ以上《いじょう》、手《て》が動《うご》きません。
「くっそ……」
額《ひたい》の汗《あせ》が目《め》に入《はい》ってしみてきます。
シャツの袖《そで》でぬぐい、もう一度《いちど》クギを近《ちか》づけても……
直前《ちょくぜん》で手《て》がとまってしまいます。

ハァハァハァ。

アルマと目《め》が合《あ》いました。

これからどんな遊《あそ》びをするの？

その黒《くろ》い瞳《ひとみ》は、健太《けんた》をまるでうたがっていません。

まっすぐに。

そして純粋《じゅんすい》に。

健太《けんた》のことを信《しん》じています。

「アルマ……」

健太《けんた》の目《め》に涙《なみだ》があふれてきました。

「ごめん……。ぼくはおまえが優秀《ゆうしゅう》じゃなくていいんだ……。いつもいっしょにいてくれたら……。それだけで……」

健太《けんた》は手《て》をしずかにおろしました。

アルマの前《まえ》で肩《かた》をゆらしながら泣《な》いていると、

「なにをしてる!!」

知《し》らないおじさんに、うでをつかまれました。

(え!?)

健太《けんた》がうでをふりはらおうとすると、
チリーン。

クギがその人《ひと》の前《まえ》に落《お》ちます。

「おまえ、これでこの犬《いぬ》を傷《きず》つけようとしていたのか!」

「い、いえ! それは」

健太《けんた》は必死《ひっし》にうでをふりほどこうともがきます。

ワンワンワンワンワンワン!!

アルマが太《ふと》く、ひびく声《こえ》で吠《ほ》えはじめます。

すると、

「どうしたんですか!」

太一兄《たいちにい》ちゃんがやってきました。

おじさんは太一兄《たいちにい》ちゃんの知《し》り合《あ》いだったようです。

「この子《こ》が、アルマにいたずらをしようとしていたんだ」

「え？　健太《けんた》くん!?」

「……」

健太《けんた》はなにを言《い》っていいのかわかりませんでした。

「なんだ、朝比奈《あさひな》くんの知《し》り合《あ》いか。じゃあよく言《い》って聞《き》かせるといい。こんなクギでアルマを傷《きず》つけるなって」

「え！　健太《けんた》くん、どうして？」

おじさんが手《て》をはなしたすきに、健太《けんた》はその場《ば》から走《はし》って逃《に》げました。

「健太《けんた》くん！」


太一《たいち》兄《にい》ちゃんに見《み》つかってから、どうしていいのかわからず、健太《けんた》はお城《しろ》の公園《こうえん》をウロウロしていました。

そして、しばらくしてからみんなのところにもどりました。

太一《たいち》兄《にい》ちゃんが高橋《たかはし》先生《せんせい》に報告《ほうこく》していると思《おも》っていましたが、先生《せんせい》には「おなか、大丈《だいじょう》夫《ぶ》？」と聞《き》かれただけでした。

すでに軍用犬《ぐんようけん》の試験《しけん》ははじまっていました。最初《さいしょ》は生後《せいご》三ヵ月《げつ》から六《ろっ》ヵ月《げつ》の犬《いぬ》を見《み》る軍用犬《ぐんようけん》の適性検査《てきせいけんさ》からです。

アルマは一歳《いっさい》なので、ここにはあてはまりません。

受験《じゅけん》する犬《いぬ》は三十頭《さんじゅっとう》以上《いじょう》いて、ドーベルマンやエアーデル・テリアもいましたが、大半《たいはん》がアルマと同《おな》じシェパードでした。

爆竹《ばくちく》の音《おと》や発煙筒《はつえんとう》の煙《けむり》におびえる自分《じぶん》の犬《いぬ》に「そんなこともできないようじゃ、お国《くに》のために役《やく》にたてないぞ！」と、しかりとばす飼《か》い主《ぬし》もいて、健太《けんた》は、太一《たいち》兄《にい》ちゃんとはぜんぜんちがうと思《おも》いながら見《み》ていました。

そして、それらが終《お》わると、今回《こんかい》、とくべつに行《おこな》われる《軍用犬認可試験《ぐんようけんにんかしけん》》の開始《かいし》です。

太一《たいち》兄《にい》ちゃんの名前《なまえ》が呼《よ》ばれました。

「一番《ばん》。訓練者《くんれんしゃ》、朝比奈太一《あさひなたいち》。アルマ号《ごう》」

「はい！」

太一兄《たいちにい》ちゃんが大《おお》きな声《こえ》で返事《へんじ》をすると、

「がんばれ！　アルマ!!」

チッチや友《とも》だちがいっせいに応援《おうえん》をします。

その声《こえ》を聞《き》いたアルマは競技場《きょうぎじょう》をいきいきと走《はし》りまわりました。

すべての科目《かもく》に意欲的《いよくてき》に取《と》りくみ、集中力《しゅうちゅうりょく》の審査《しんさ》も完璧《かんぺき》に見《み》えます。

爆竹《ばくちく》の音《おと》や、そばで煙《けむり》をたかれても、アルマはしっぽすらふっていました。

「いいぞ！　いいぞ！　アルマ!!」

そんな声援《せいえん》のなか、健太《けんた》だけはまぶたをギュッと閉《と》じ、力《ちから》いっぱい、手《て》を重《かさ》ねて祈《いの》っていました。

（アルマ、そんなにがんばらなくていいんだ！　お願《ねが》いだからがんばらないで!!）

しかし、その願《ねが》いはとどきませんでした。

「アルマ号《ごう》を軍用犬《ぐんようけん》として認可《にんか》する！」

健太《けんた》がおそれていた結果《けっか》になったのです。

15

犬《いぬ》の赤紙《あかがみ》

「四年生《よねんせい》の川上健太《かわかみけんた》くんと、一年生《ねんせい》の千津《ちづ》さんの飼《か》っていたアルマ号《ごう》が、昨日《きのう》行《おこな》われた軍《ぐん》用犬《ようけん》の試験《しけん》に見事合格《みごとごうかく》しました。犬《いぬ》でもお国《くに》のためにつくしてくれるのですから、みなさんもお国《くに》のためにはげむようにいたしましょう」

教頭先生《きょうとうせんせい》に朝礼《ちょうれい》でアルマのことを取《と》りあげられると、学校中《がっこうじゅう》がアルマの話題《わだい》で持《も》ちきりになりました。

今《いま》までアルマのことを知《し》っているのは、せいぜい健太《けんた》やチッチの学年《がくねん》の生徒《せいと》だけでした。でも、教頭先生《きょうとうせんせい》の発表《はっぴょう》により、全校《ぜんこう》およそ三百人《びゃくにん》に『軍用犬《ぐんようけん》アルマ』のことが知《し》れわたることになったのです。

「おまえが川上健太《かわかみけんた》か。今度《こんど》、俺《おれ》にもアルマとやらを見《み》せてくれよ」

知《し》らない上級生《じょうきゅうせい》から声《こえ》をかけられるたびに、健太《けんた》はうっとうしくてたまりません。

先生《せんせい》たちからも「おめでとう」と言《い》われ、「ありがとうございます」と答《こた》えてはいましたが、内心《ないしん》はわずらわしく思《おも》っていました。

しかし、校舎内《こうしゃない》で見《み》かけたチッチは、

「アルマはこーんなに高《たか》いカベをとべるんだよ」

と、うれしそうに自慢《じまん》しています。

(お父《とう》さんだけでなく、アルマまでいなくなってしまったら……)

健太《けんた》はチッチを見《み》るたび、強《つよ》い不安《ふあん》におそわれました。

放課後《ほうかご》。

健太《けんた》が帰《かえ》りじたくをしていると、丸井《まるい》がやってきて、

「妹《いもうと》が中庭《なかにわ》で上級生《じょうきゅうせい》ともめてるぞ」

と、教《おし》えてくれました。

「え？」

健太《けんた》が中庭《なかにわ》にむかうと、千津《ちづ》が六年生《ねんせい》の三人《にん》にむかってさけんでいます。

「ちがうもん！　アルマはちがうもん！」

「千津《ちづ》、なにがあった？」

「おにいちゃん」

健《けん》太《た》の顔《かお》を見《み》るなり、千《ち》津《づ》の目《め》から涙《なみだ》がボロボロとこぼれます。

健《けん》太《た》は六年生《ねんせい》たちをにらみつけました。

「なんだ、おまえ。俺《おれ》たちは、よろこぶと思《おも》ってこれを見《み》せてやっただけだ」

見《み》せられたのは国語《こくご》の教科書《きょうかしょ》でした。

ひらかれたページには、『軍犬利根《ぐんけんとね》』という物語《ものがたり》が載《の》っています。

六年生《ねんせい》によればその内容《ないよう》は――

ある女《おんな》の子《こ》の家《いえ》で育《そだ》てられた軍犬利根《ぐんけんとね》が、戦地《せんち》で手柄《てがら》をたてるものの、最後《さいご》は名誉《めいよ》の戦《せん》死《し》をとげる、というものでした。

健《けん》太《た》が再《ふたた》びにらみつけると、

「この話《はなし》がアルマにあてはまると思《おも》ったから、見《み》せてやったんだ。なにが悪《わる》い？」

と、からだのいちばん大《おお》きな子《こ》どもがにらみかえしてきます。

「アルマは利根《とね》みたいに死《し》なないもん！」

「死《し》をおそれる兵士《へいし》がどこにいる！」

その声《こえ》に、チッチは大声《おおごえ》で泣《な》きだしてしまいました。

「この野郎《やろう》！」

健太《けんた》はそれを言《い》った六年生《ねんせい》に飛《と》びかかります。

「なんだ、コイツ」

「やっちまえ！」

先生《せんせい》たちにとめられるまでのあいだ、健太《けんた》は、

「千津《ちづ》を泣《な》かすな！」、「アルマが死《し》んでたまるか！」と、六年生《ねんせい》にむかっていきました。

そのせいで――

「お母《かあ》さんに事情《じじょう》をご説明《せつめい》するから」と、健太《けんた》は高橋先生《たかはしせんせい》と帰《かえ》るはめになりました。

健太《けんた》は、顔《かお》がはれ、まぶたも切《き》れています。

「この程度《ていど》のケンカでわざわざこなくてもいいのに……」

「お母《かあ》さまにいろいろお聞《き》きしたいことがあるの」

「……」

（きっと千津《ちづ》のことだ）と、健太《けんた》は思《おも》いました。

以前《いぜん》、職員室《しょくいんしつ》で高橋先生《たかはしせんせい》が、アルマがいなくなったときのチッチのことを心配《しんぱい》していたからです。

チッチは健太《けんた》より先《さき》に、家《いえ》に帰《かえ》っています。

健太《けんた》が、高橋先生《たかはしせんせい》といっしょに家《いえ》の門《もん》をくぐると、

（あ……）

玄関先《げんかんさき》で太一兄《たいちにい》ちゃんが、お母《かあ》さんと話《はな》しているのが見《み》えます。

軍用犬試験《ぐんようけんしけん》のことを報告《ほうこく》しにきたらしい太一兄《たいちにい》ちゃんは、

「やぁ」

と、健太《けんた》に気《き》づきました。

「……」

健太《けんた》は太一兄《たいちにい》ちゃんと二人《ふたり》きりで話《はな》すことにしました。

チッチは部屋《へや》で眠《ねむ》っていて、お母《かあ》さんも高橋先生《たかはしせんせい》と家《いえ》のなかで話《はな》しこんでいます。

軍用犬試験《ぐんようけんしけん》が終《お》わったあと、太一兄《たいちにい》ちゃんはその後《ご》の手続《てつづ》きなどでいそがしく、健太《けんた》と顔《かお》を合《あ》わせていませんでした。

なぜ、アルマを傷《きず》つけようとしたのか？

お母《かあ》さんへの報告《ほうこく》よりも、太一兄《たいちにい》ちゃんはその話《はなし》をしたがっていることは、健太《けんた》にもわかっています。

健太《けんた》が庭《にわ》にある石《いし》に腰《こし》かけると、太一兄《たいちにい》ちゃんが横《よこ》に座《すわ》ってきました。

そして健太《けんた》のまぶたをさわってきました。

「いてっ」

「ごめん。痛《いた》かった？」

しかし、健太《けんた》は返事《へんじ》をしませんでした。

太一兄《たいちにい》ちゃんと目《め》を合《あ》わせることができず、健太《けんた》は目《め》の前《まえ》にある黒《くろ》い岩《いわ》を見《み》つめました。

黒《くろ》い岩《いわ》には、小石《こいし》でけずった犬《いぬ》の落書《らくが》きがあります。

「チッチが描《か》いたの？」

太一兄《たいちにい》ちゃんが聞《き》くので、健太《けんた》はしずかにうなずきます。

「アルマだね。上手《じょうず》に描《か》けてる」

「……ごめんなさい」

健太《けんた》はちいさな声《こえ》であやまりました。

「……うん。でも、なんでやったの？　あんなクギを踏《ふ》んだら、アルマはケガをするよ。

アルマのこと、嫌《きら》い？」

首《くび》を横《よこ》にふることしかできません。

「じゃあ……」

「……行《い》って……ほしくない……」

「え？」

「ずっと……そばにいてほしい……。お父《とう》さんみたいなのは嫌《いや》だ……ぜったいに、嫌《いや》だ
……」

「健太《けんた》くん……」

健太《けんた》は涙《なみだ》を見《み》せたくなくて、ひざに顔《かお》をうずめました。

そして、その姿勢《しせい》のまま太一兄《たいちにい》ちゃんに、

「アルマは……、どう思《おも》っているのかな？」

と聞《き》きました。

「え」

「戦争《せんそう》に……、行《い》きたいのかな？」

「……」

「アルマには、仕事《しごと》をあたえたほうがよろこぶって言《い》ったけど……それは戦《たたか》うことなのかな……。ぼく、わからないんだ……」

「……」

肩《かた》をふるわせながら話《はな》す健太《けんた》の言葉《ことば》を、太一兄《たいちにい》ちゃんはだまって聞《き》いてくれました。

そして、しゃべりおわると……

健太《けんた》は肩《かた》をだきよせられます。

太一兄《たいちにい》ちゃんがどんな顔《かお》をしていたのか？

ひざに顔《かお》をうずめていた健太《けんた》にはわかりません。

ただ、太一兄《たいちにい》ちゃんのからだは小刻《こきざ》みにふるえ、はなをすする音《おと》がなんども聞《き》こえてくるだけでした。

昭和《しょうわ》十六年《ねん》十二月八日《がつようか》。

ラジオから日本軍《にほんぐん》がハワイ州《しゅう》・オアフ島南岸《とうなんがん》の真珠湾《しんじゅわん》を攻撃《こうげき》し、アメリカとイギリスに宣戦《せんせん》を布告《ふこく》するというニュースが聞《き》こえてきました。それを聞《き》いた多《おお》くの人《ひと》たちは「また、新《あたら》しい戦争《せんそう》がはじまるんだ」くらいにしか思《おも》っていませんでした。

すでにアルマは、戦地《せんち》での実戦《じっせん》にそなえた《軍事教練《ぐんじきょうれん》》のため、軍用犬《ぐんようけん》の訓練所《くんれんじょ》にあずけられていました。

軍用犬《ぐんようけん》になった以上《いじょう》、アルマは健太《けんた》やチッチの犬《いぬ》ではありません。

アルマは軍《ぐん》のものであり、食料《しょくりょう》も軍《ぐん》から支給《しきゅう》されます。

しかしそのあと、出征《しゅっせい》の通知《つうち》さえこなければ、戦地《せんち》に行《い》くことはなく、健太《けんた》たちはまたアルマと暮《く》らすことができます。

健太《けんた》はそれだけを願《ねが》っていました。


アルマが軍《ぐん》の訓練所《くんれんじょ》にあずけられてからおよそ四ヵ月後《げつご》。

桜《さくら》のつぼみがまだかたい三月《がつ》の中旬《ちゅうじゅん》――

予定《よてい》より二ヵ月《げつ》もはやくアルマが帰《かえ》ってきました。


ワンワンワン!!


「おかえり、アルマ!!」

健太《けんた》とチッチが近《ちか》づくと、アルマが二人《ふたり》の顔《かお》を交互《こうご》になめてきます。

一歳《いっさい》三ヵ月《げつ》。犬《いぬ》の年齢《ねんれい》でいえば、およそ二十歳《にじゅっさい》に相当《そうとう》するアルマは、せいかんな顔《かお》つきになっていましたが、じゃれてくるその姿《すがた》は以前《いぜん》とかわらず、それが健太《けんた》にはうれしくてたまりません。

軍《ぐん》の訓練所《くんれんじょ》から帰《かえ》ってきたアルマは兵士《へいし》と同《おな》じなので、健太《けんた》はアルマに敬礼《けいれい》をしました。

「アルマ号《ごう》、ご苦労《くろう》さま――うわ!!」

飛《と》びつかれ、しりもちをついた健太《けんた》の顔《かお》を、アルマがペロペロなめてきます。

「くすぐったいよ、アルマ」

その様子《ようす》に、みんな笑《わら》っていました。

お母《かあ》さんも。

高橋先生《たかはしせんせい》も。

房子《ふさこ》おばさんも。

花子《はなこ》までワンワンとうれしそうに吠《ほ》えています。

でも……

太一兄《たいちにい》ちゃんだけは笑《わら》っていませんでした。

健太《けんた》が聞《き》きます。

「どうしたの？」

「うん。なんで、こんなにはやくもどってきたのかなと思《おも》って……」

訓練所《くんれんじょ》から予定《よてい》よりはやく帰《かえ》ってくるのはめったにないことだと、太一兄《たいちにい》ちゃんは教《おし》えてくれました。

もしそこに、なにかの意味《いみ》があるのなら、思《おも》いつく答《こた》えはひとつしかありません。

健太《けんた》もそれはうすうす感《かん》じていました。

そして、その通知《つうち》は一週間後《いっしゅうかんご》にやってきたのです。

戦争《せんそう》に行《い》きなさいという国《くに》からの命令《めいれい》。

召集令状《しょうしゅうれいじょう》という名《な》の一枚《まい》の紙《かみ》。

それは、〝犬《いぬ》の赤紙《あかがみ》〟と呼《よ》ばれるものでした。

16 さよなら、アルマ

昭和《しょうわ》十七年《ねん》。春《はる》の夕方《ゆうがた》——

健太《けんた》は五年生《ねんせい》、チッチは二年生《ねんせい》になりました。

健太《けんた》は家《いえ》で、全校生徒《ぜんこうせいと》の前《まえ》で披露《ひろう》する作文《さくぶん》を書《か》いています。

「金剛号《こんごうごう》の出征《しゅっせい》を祝《いわ》う作文《さくぶん》を書《か》いてほしい」

と、教頭先生《きょうとうせんせい》に言《い》われたのです。

金剛号《こんごうごう》とはアルマのこと。

軍《ぐん》の訓練所《くんれんじょ》で、洋風《ようふう》のアルマという名前《なまえ》は日本軍《にほんぐん》にふさわしくないと、名前《なまえ》をかえられました。しかし、それは軍《ぐん》の呼《よ》び名《な》で、作文《さくぶん》ではアルマと呼《よ》んでいいそうです。

教頭先生《きょうとうせんせい》に依頼《いらい》されたとき、近《ちか》くにいた高橋先生《たかはしせんせい》は、

「健太《けんた》くんも千津《ちづ》ちゃんもアルマと別《わか》れるのがつらいんです。見《み》せ物《もの》みたいにするのはや

めてください！」

と、教頭先生《きょうとうせんせい》にくってかかってくれましたが、健太《けんた》は、

「わかりました。書《か》かせてください」

とひきうけました。

そうしないと、高橋先生《たかはしせんせい》は教頭先生《きょうとうせんせい》からにらまれてしまいます。

作文《さくぶん》の発表《はっぴょう》は五日後《いつかご》。

アルマが出征《しゅっせい》する前《まえ》の日《ひ》に学校《がっこう》の校庭《こうてい》で行《おこな》われます。

当日《とうじつ》は軍《ぐん》の関係者《かんけいしゃ》もくるらしく、教頭先生《きょうとうせんせい》もかっこをつけたいんだと健太《けんた》は思《おも》いました。

これから戦地《せんち》にむかうアルマの任務《にんむ》にくらべれば、作文《さくぶん》を書《か》くぐらいたやすいものだと思《おも》ったのです。


作文《さくぶん》を書《か》く健太《けんた》の近《ちか》くで、チッチがアルマの絵《え》を描《か》いていました。

チッチが聞《き》いてきます。

「アルマ、ぜったい、もどってくるよね」

「ああ。任務《にんむ》が終《お》わればな」

チッチは最近《さいきん》、お父《とう》さんのことを口《くち》にしなくなりました。知《し》らないまでも、うすうすなにかを感《かん》じているのかもしれない、と健太《けんた》は思《おも》っていました。

「ごめんください」

太一兄《たいちにい》ちゃんが訪《たず》ねてきました。

顔《かお》をだすと、

「ちょっといいかな？」

と言《い》われ、健太《けんた》は太一兄《たいちにい》ちゃんと外《そと》にでます。

「学校《がっこう》でアルマの作文《さくぶん》を読《よ》むんだって？」

発表会《はっぴょうかい》はアルマの出征《しゅっせい》を祝《いわ》うものなので、アルマをつれて太一兄《たいちにい》ちゃんも出席《しゅっせき》します。

「上手《じょうず》に書《か》けそう？」

「アルマとの思《おも》い出《で》はたくさんあるから」

「そうだね」

夕暮《ゆうぐ》れの空《そら》は、いくえもの色《いろ》が重《かさ》なりあっていました。

近所《きんじょ》の庭《にわ》に植《う》えられたソメイヨシノが道《みち》まで枝《えだ》をのばし、風《かぜ》にふかれた花《はな》びらがチラチラと落《お》ちてきます。

太一兄《たいちにい》ちゃんが「あのね」と言《い》って話《はな》しはじめました。

「アルマの……、犬《いぬ》の幸《しあわ》せを、ぼくなりに考《かんが》えてみたんだ」

以前《いぜん》、健太《けんた》が問《と》いかけた言葉《ことば》のことだと思《おも》いました。

「なに？」

健太《けんた》が聞《き》くと、

「ずっと、そばにいてやること。そして、その犬《いぬ》の幸《しあわ》せを考《かんが》えつづけること」

「……」

「ごめん……。答《こた》えになってないね。でも、今《いま》はハッキリとしたことを言《い》えないけど、ぼくは最後《さいご》までアルマのそばにいるつもりだ」

太一兄《たいちにい》ちゃんはなにかの覚悟《かくご》を決《き》めた顔《かお》でそうつげます。

それがなにかはわかりませんでしたが、健太《けんた》は、

「うん」

と答《こた》えました。

じつは、犬《いぬ》の赤紙《あかがみ》がきたあと、太一兄《たいちにい》ちゃんからは「キミたちからアルマをうばってゴメン」と、あやまられていました。

チッチは泣《な》きじゃくりましたが、健太《けんた》は涙《なみだ》をこらえ、

「太一兄《たいちにい》ちゃんが悪《わる》いんじゃない」

と、太一兄《たいちにい》ちゃんを責《せ》めることはしませんでした。

「作文《さくぶん》、楽《たの》しみにしてるから」

別《わか》れぎわ、太一兄《たいちにい》ちゃんが言《い》いました。

「うん。アルマにも楽《たの》しみにしてって」

「かならずそう伝《つた》える」

そう言《い》って太一兄《たいちにい》ちゃんは手《て》をふりながら去《さ》っていきました。

作文《さくぶん》の発表《はっぴょう》は明日《あした》。

教頭先生《きょうとうせんせい》に「作文《さくぶん》を事前《じぜん》に見《み》せるように」と言《い》われていた健太《けんた》は、作文《さくぶん》を職員室《しょくいんしつ》に持《も》っ

ていきました。

作文《さくぶん》にはアルマとの思《おも》い出《で》をたくさん書《か》いています。

はじめてだっこしたときのこと。

ボール遊《あそ》びが大好《だいす》きなこと。

笑《わら》い顔《がお》がちょっとヘンなこと。

あまえるとき、鼻《はな》を押《お》しつけてくること。

そして、健太《けんた》のアルマへの想《おも》い……。

しかし、それを読《よ》んだ教頭先生《きょうとうせんせい》は「勇《いさ》ましくない」と言《い》って、赤《あか》ペンを手《て》にし、

「当日《とうじつ》はこれを読《よ》みなさい」

と、健太《けんた》に添削《てんさく》した作文《さくぶん》をわたしてきました。

作文《さくぶん》は真《ま》っ赤《か》に染《そ》まっていました。

もとの文章《ぶんしょう》がわからないほど修正《しゅうせい》され、そこには自分《じぶん》の知《し》らないアルマが書《か》かれています。

「……」

高橋先生《たかはしせんせい》が「どうしたんですか？」とやってきました。

「明日《あした》の作文《さくぶん》を私《わたし》が書《か》きなおしてあげたんですよ」

高橋先生《たかはしせんせい》は「え？」とおどろいていましたが、健太《けんた》は、

「ありがとうございます……」

くやしさを押《お》しころしました。

教頭先生《きょうとうせんせい》が健太《けんた》に読《よ》んでほしいのは、勇《いさ》ましい作文《さくぶん》ということは、自分《じぶん》でもわかっていたからです。


翌日《よくじつ》――

空《そら》にはうっすらと雲《くも》がかかり、遠《とお》くの山々《やまやま》はかすんで見《み》えました。

発表会《はっぴょうかい》は朝礼同様《ちょうれいどうよう》、校庭《こうてい》で行《おこな》われます。

校長先生《こうちょうせんせい》や軍《ぐん》の関係者《かんけいしゃ》のあいさつが終《お》わったあと、健太《けんた》の名前《なまえ》が呼《よ》ばれました。

「祝辞《しゅくじ》　川上健太《かわかみけんた》」

「はい！」

朝礼台《ちょうれいだい》に登《のぼ》っていくと、全校生徒《ぜんこうせいと》およそ三百人《びゃくにん》の視線《しせん》がいっせいに健太《けんた》に集《あつ》まります。

太一兄《たいちにい》ちゃんはアルマが落《お》ちついて見《み》られるよう、生徒《せいと》たちの後《うし》ろにいました。

「名犬《めいけん》　アルマ号《ごう》　五学年《がくねん》　川上健太《かわかみけんた》」

健太《けんた》が作文《さくぶん》を読《よ》みはじめます。

名犬《めいけん》　アルマ号《ごう》

五學年《がくねん》　川上健太《かわかみけんた》

「ワンワンワン」と勇《いさ》ましい犬《いぬ》の雄叫《おたけ》びが空《そら》を貫《つらぬ》きました。

おー、そこに雄々《おお》しく立《た》っているシェパード、いうまでもなくアルマ号《ごう》である。

これからアルマ号《ごう》は、朝比奈殿《あさひなどの》と訓練《くんれん》を行《おこな》うのである。

この日《ひ》は、投《な》げたものを拾《ひろ》ってくる訓練《くんれん》である。

アルマ号《ごう》は敵陣《てきじん》に突《つ》っこむ兵士《へいし》のように勇壮《ゆうそう》に走《はし》りだす。

読《よ》みながら健太《けんた》はアルマとの日々《ひび》を思《おも》いだしていました。

ボールが大好《だいす》きなアルマ。

子犬《こいぬ》のころから、チッチとよくボールを追《お》いかけていました。

ワンワン！　いっしょに遊《あそ》ぼうと、自分《じぶん》からボールを持《も》ってきてさいそくしていました。


号令《ごうれい》をかけられると、どんなに急《きゅう》な流《なが》れの川《かわ》もすいすい泳《およ》ぎ、高《たか》い壁《かべ》も跳《と》びこえる運動能力《うんどうのうりょく》は、日々《ひび》の精進《しょうじん》の賜物《たまもの》である。

不平《ふへい》を言《い》わず、訓練《くんれん》にはげむことで魂《たましい》はとぎすまされ、敵《てき》をおそれぬ度胸《どきょう》が身《み》につくのである。


トイレに入《はい》っていてもアルマは遊《あそ》ぼうとさそってきました。

散歩《さんぽ》が大好《だいす》き。

チッチの歌《うた》も大好《だいす》き。

太一兄《たいちにい》ちゃんとの訓練《くんれん》も、楽《たの》しんでやっていたアルマの姿《すがた》が目《め》に浮《う》かびました。

勇猛《ゆうもう》に出征《しゅっせい》していくアルマ号《ごう》を見《み》よ！
犬《いぬ》でさえも人間《にんげん》におとらぬ立派《りっぱ》な働《はたら》きをしようとしているのだ。
まして我々《われわれ》は、犬《いぬ》におとらぬ立派《りっぱ》な人物《じんぶつ》となるのがあたり前《まえ》である。
アルマ号《ごう》はかならずやお国《くに》のために華々《はなばな》しき活躍《かつやく》をしてくれることでしょう。

作文《さくぶん》を読《よ》みおえた健太《けんた》が頭《あたま》をさげると、パチパチと拍手《はくしゅ》がおきます。
軍服《ぐんぷく》を着《き》た人《ひと》たちが「うんうん」とうなずき、教頭先生《きょうとうせんせい》も満足《まんぞく》そうです。
健太《けんた》はアルマに目《め》をやりました。
アルマはお座《すわ》りをしたまま、じっと健太《けんた》を見《み》つめていました。
黒《くろ》い瞳《ひとみ》でじっと……。
「アルマ……」
胸《むね》にこみあげてくるものがありました。
ぼくが伝《つた》えたいのはこんなことじゃない！

こんなのちっともアルマじゃない！

「アルマ！」

思《おも》わず大《おお》きな声《こえ》でさけびました。

もう、どうなってもいい。

だれに怒《おこ》られようが関係《かんけい》ない。

健太《けんた》は作文《さくぶん》の続《つづ》きを読《よ》みはじめます。

「アルマ！

ぼくがほんとうに言《い》いたいのは……、最後《さいご》におまえに言《い》いたいのは！

あまえんぼうで、やさしくて、遊《あそ》びが大好《だいす》きな、そんなおまえが大好《だいす》きだったってこと！

おまえがいてくれたおかげで、毎日《まいにち》が楽《たの》しくて楽《たの》しくてしかたがなかったこと！」

それは、文章《ぶんしょう》にはなっていない心《こころ》のなかに書《か》かれたアルマへの想《おも》いでした。

教頭先生《きょうとうせんせい》があわてているのが見《み》えました。

でも、健太《けんた》はかまわず続《つづ》けます。

「アルマ……

またいっしょに寝《ね》よ……。
いっしょに遊《あそ》ぼ……。
いっしょに走《はし》ろ……。
ぼくはおまえのチクチクした毛《け》が好《す》きだし、
おまえのにおいも大好《だいす》きだし、
おまえにもっとなめてもらいたいし……。
ずっと、ずっと、おまえをだきしめていたいんだ。
だから、アルマ……。
ぜったいに帰《かえ》ってこい！
逃《に》げてもいいから帰《かえ》ってこい！
勇《いさ》ましくなんかなくたっていいよ。ぼくのもとに帰《かえ》ってこい‼」
その瞬間《しゅんかん》、
ワオオオオオオ〜ン。
アルマが遠吠《とおぼ》えをあげました。

空《そら》までとどくような長《なが》く太《ふと》い声《こえ》。
行《い》け！　太一兄《たいちにい》ちゃんが、アルマに号令《ごうれい》をかけるのが見《み》えました。
「アルマ……」
生徒《せいと》たちの列《れつ》をかきわけるように、アルマが走《はし》ってきます。
まっすぐに。
少《すこ》しも目《め》をはなさず。
ただ、健太《けんた》にむかって――
「アルマ!!」
アルマが宙《ちゅう》を飛《と》び、健太《けんた》の胸《むね》に飛《と》びこみます。
健太《けんた》はアルマを思《おも》いきりだきしめました。
アルマのにおい。
アルマのぬくもり。
そのすべてをおぼえていようと、強《つよ》く、強《つよ》くだきしめました。
チッチも朝礼台《ちょうれいだい》にやってきて、

「アルマ〜〜」

と言《い》うと、アルマが二人《ふたり》の顔《かお》を交互《こうご》になめてきました。

(ぼくのこと忘《わす》れないで)

まるでそう言《い》っているかのようになんどもなんどもなめてきます。

「忘《わす》れない。ぜったいにアルマのことを忘《わす》れない」

知《し》らぬまに拍手《はくしゅ》がおきていました。

高橋先生《たかはしせんせい》が泣《な》いています。

みんな、みんな拍手《はくしゅ》をし、健太《けんた》たちとアルマとの別《わか》れをおしんでくれました。

健太《けんた》はアルマに言《い》いました。

「さよなら、アルマ。

おまえはぼくの、永遠《えいえん》の親友《しんゆう》だ」

それが、健太《けんた》がアルマに言《い》った最後《さいご》の言葉《ことば》でした。

それから

私《わたし》が学校《がっこう》で作文《さくぶん》を読《よ》んだ翌日《よくじつ》。

桜《さくら》の花《はな》がまいちるなか、アルマの出征式《しゅっせいしき》が商店街《しょうてんがい》で行《おこな》われました。

房子《ふさこ》おばさんはアルマのために赤飯《せきはん》を炊《た》き、商店街《しょうてんがい》の人《ひと》もみんなでお金《かね》をだしあい、写真館《しゃしんかん》でアルマの写真《しゃしん》を撮《と》ってくれました。

バンザイ！

バンザイ！

そして、アルマは軍人《ぐんじん》さんにつれられ、駅《えき》にむかって歩《ある》いていきました。

それが、私《わたし》が見《み》たアルマの最後《さいご》の姿《すがた》です。

その後《ご》、太一兄《たいちにい》ちゃんは、帝国軍用犬協会《ていこくぐんようけんきょうかい》の訓練士《くんれんし》となり、アルマがいるという満洲《まんしゅう》

（中国《ちゅうごく》・東北一帯《とうほくいったい》の俗称《ぞくしょう》）にわたりました。
「アルマのそばにずっといる」
あのとき、私《わたし》に言《い》った言葉《ことば》は、
自分《じぶん》も戦地《せんち》にむかうことだったんだと、私《わたし》ははじめて知《し》りました。

戦争《せんそう》はますますひどくなっていきました。

みんな、日本《にほん》が勝《か》つと信《しん》じていました。

戦況《せんきょう》が悪化《あっか》してくると、私《わたし》たち子《こ》どもは空襲《くうしゅう》をのがれるため、全校生徒《ぜんこうせいと》で町《まち》をはなれ、田舎《いなか》に疎開《そかい》します。

物資《ぶっし》が足《た》りなくなっていくと『供出運動《きょうしゅつうんどう》』がさかんになっていきました。

供出《きょうしゅつ》とは、国《くに》の求《もと》めに応《おう》じてモノを差《さ》しだすことです。

とくに武器《ぶき》を作《つく》るために必要《ひつよう》な金属資源《きんぞくしげん》が足《た》りなくなってくると、マンホールのフタやお寺《てら》の鐘《かね》、さらには鍋《なべ》やヤカンなどの金属製品《きんぞくせいひん》までも回収《かいしゅう》されていきました。

そのため、金物屋《かなものや》さんを営《いとな》んでいた房子《ふさこ》おばさんの店《みせ》は、あのあとすぐにつぶれてしまったと聞《き》きました。

最悪《さいあく》なことに『供出《きょうしゅつ》』は犬《いぬ》や猫《ねこ》にもおよびました。

地域《ちいき》によってその差《さ》はあったそうですが、房子《ふさこ》おばさんが飼《か》っていた花子《はなこ》もその犠牲《ぎせい》となり、店《みせ》も花子《はなこ》もうばわれた房子《ふさこ》おばさんは、

「私《わたし》からどれだけうばえばいいのよ！」

と、泣《な》きさけんだそうです。


そして昭和《しょうわ》二十年《ねん》八月《がつ》十五日《にち》。

ようやく戦争《せんそう》が終《お》わりました。

しばらくして太一兄《たいちにい》ちゃんは日本《にほん》にもどってきましたが、そこにアルマはいませんでした。

満洲《まんしゅう》で奇跡的《きせきてき》にアルマと会《あ》うことができたそうですが、戦場《せんじょう》で負傷《ふしょう》したアルマは動《うご》けなくなり、太一兄《たいちにい》ちゃんだけが命《いのち》からがらもどってきたということです。

私《わたし》たちはなんどもあやまられました。

でも、太一兄《たいちにい》ちゃんが悪《わる》いとは少《すこ》しも思《おも》いませんでした。

悪《わる》いのは戦争《せんそう》です。

それだけはまちがいありません。


そののち、絵《え》を描《か》くのが好《す》きだった妹《いもうと》・千津《ちづ》は中学校《ちゅうがっこう》の美術教師《びじゅつきょうし》となりました。

趣味《しゅみ》で描《か》く絵《え》は、やはり犬《いぬ》が多《おお》いと言《い》っています。

私《わたし》は、戦争《せんそう》で亡《な》くなった父《ちち》のような強《つよ》い男《おとこ》になりたいと願《ねが》い、ついた職業《しょくぎょう》は警察官《けいさつかん》です。

現場《げんば》で警察犬《けいさつけん》を見《み》るたびに、私《わたし》はアルマとの幸《しあわ》せな日々《ひび》を思《おも》いだし、犬《いぬ》たちの頭《あたま》をなでてやるのでした。

あとがき

『さよなら、アルマ』を書《か》くキッカケは、ある雑誌《ざっし》に掲載《けいさい》されていた軍用犬《ぐんようけん》・アルマの出《しゅっ》征写真《せいしゃしん》（190ページ）を偶然《ぐうぜん》見《み》つけたことでした。

なぜ、犬《いぬ》が戦場《せんじょう》に連《つ》れていかれたのか？

飼《か》い主《ぬし》はどんな気持《きも》ちで見送《みおく》ったのか？

それを知《し》りたくて、僕《ぼく》は写真《しゃしん》を持《も》っていた方《かた》を訪《たず》ねました。しかしその方《かた》もアルマの写《しゃ》真《しん》を骨董屋《こっとうや》さんで見《み》つけただけで、それ以上《いじょう》のことはわからないと言《い》います。

それ以来《いらい》、僕《ぼく》は軍用犬《ぐんようけん》のことを色々《いろいろ》と調《しら》べるようになり、犬《いぬ》の訓練士《くんれんし》さんや、愛犬《あいけん》を出《しゅっ》征《せい》させた方《かた》などから当時《とうじ》のことをたくさん聞《き》かせてもらいました。そして、それらのお話《はなし》をもとに、この物語《ものがたり》をつむいでいったのです。

みなさんは写真《しゃしん》のアルマを見《み》て、どう感《かん》じましたか？

「勝手《かって》に戦争《せんそう》に連《つ》れていかれてかわいそう」

そう思《おも》った人《ひと》が多《おお》いかもしれませんね。

しかし、戦争当時《せんそうとうじ》は「お国《くに》の役《やく》に立《た》ててほこらしげだ」と、感《かん》じる人《ひと》も多《おお》かったそうです。

犬《いぬ》の幸《しあわ》せは、その時代《じだい》に生《い》きる人《ひと》の気持《きも》ち次第《しだい》……

と、いうことでしょうか。


本書《ほんしょ》『さよなら、アルマ　ぼくの犬《いぬ》が戦争《せんそう》へ』は、太一兄《たいちにい》ちゃんが主人公《しゅじんこう》の『さよなら、アルマ　戦場《せんじょう》に送《おく》られた犬《いぬ》の物語《ものがたり》』（集英社文庫《しゅうえいしゃぶんこ》）を、子《こ》ども（健太《けんた》）の視点《してん》から描《えが》いた作品《さくひん》です。

健太《けんた》たちと別《わか》れたアルマはどんな運命《うんめい》をたどったのか？

太一兄《たいちにい》ちゃんのその後《ご》は？

それを知《し》りたい方《かた》は、ぜひ、そちらの本《ほん》も読《よ》んでみて下《くだ》さい。

水野宗徳《みずののむねのり》

《参考文献》

『軍犬と訓練・上巻』　藤村高　興隆社
『犬の病氣と手當』　板垣四郎　春陽堂
『軍用犬ノ飼育ト訓練』　陸軍歩兵學校研究部　陸軍歩兵學校將校集會所
『陸軍歩兵学校編　軍犬ノ参考』　陸軍歩兵學校將校集會所
『関東軍軍犬教程』　関東軍軍犬育成所編　関東軍軍犬育成所
『犬を飼う知恵』　平岩米吉　築地書館
『犬の生態』　平岩米吉　築地書館
『私の犬』　平岩米吉　築地書館
『犬の現代史』　今川勲　現代書館
『犬の日本史―人間とともに歩んだ一万年の物語』　谷口研語　ＰＨＰ新書
『マヤの一生』　椋鳩十　ポプラ社
『国民学校　国語教科書』　大空社

『尋常小學唱歌①　伊藤謙一郎編曲』オンキョウパブリッシュ
『戦争中の暮しの記録』暮しの手帖編集部　暮しの手帖社
『愛犬の友　犬種ライブラリー　ジャーマン・シェパード・ドッグ』愛犬の友編集部
誠文堂新光社
『世界の犬種図鑑』エーファ・マリア・クレーマー著　古谷沙梨訳　誠文堂新光社
『訓連　75号、87号～91号（作業犬の歴史／続作業犬の歴史）』日本訓練士団体連合会
『訓練読本』一瀬欽哉
『紙芝居　菊水号と兵隊物語』神戸軍犬學校

祝出征
アルマ号
江上雅巳氏愛犬
帝國軍用犬協會札幌支部

集英社みらい文庫

さよなら、アルマ

ぼくの犬《いぬ》が戦《せん》争《そう》に

水野宗徳《みずのむねのり》　作
pon-marsh《ポンマーシュ》　絵

ファンレターのあて先
〒101-8050　東京都千代田区一ツ橋2-5-10　集英社みらい文庫編集部
いただいたお便りは編集部から先生におわたしいたします。

2015年8月10日　第1刷発行

発行者　鈴木晴彦
発行所　株式会社 集英社
〒101-8050　東京都千代田区一ツ橋2-5-10
電話　編集部 03-3230-6246
読者係 03-3230-6080
販売部 03-3230-6393（書店専用）
http://miraibunko.jp
装　丁　+++ 野田由美子　中島由佳理
印　刷　図書印刷株式会社　凸版印刷株式会社
製　本　図書印刷株式会社

★この作品はフィクションです。実在の人物・団体・事件などにはいっさい関係ありません。
ISBN978-4-08-321280-2　C8293　N.D.C.913　190P　18cm

「みらい文庫《ぶんこ》」読者《どくしゃ》のみなさんへ

言葉《ことば》を学《まな》ぶ、感性《かんせい》を磨《みが》く、創造力《そうぞうりょく》を育《はぐく》む……、読書《どくしょ》は「人間力《にんげんりょく》」を高《たか》めるために欠《か》かせません。たった一枚《いちまい》のページをめくる向《む》こう側《がわ》に、未知《みち》の世界《せかい》、ドキドキのみらいが無限《むげん》に広《ひろ》がっている。これこそが「本《ほん》」だけが持《も》っているパワーです。

学校《がっこう》の朝《あさ》の読書《どくしょ》に、休《やす》み時間《じかん》に、放課後《ほうかご》に……。いつでも、どこでも、すぐに続《つづ》きを読《よ》みたくなるような、魅力《みりょく》に溢《あふ》れる本《ほん》をたくさん揃《そろ》えていきたい。読書《どくしょ》がくれる、心《こころ》がきらきらしたり胸《むね》がきゅんとする瞬間《しゅんかん》を体験《たいけん》してほしい、楽《たの》しんでほしい。みらいの日本《にほん》、そして世界《せかい》を担《にな》うみなさんが、やがて大人《おとな》になった時《とき》、「読書《どくしょ》の魅力《みりょく》を初《はじ》めて知《し》った本《ほん》」「自分《じぶん》のおこづかいで初《はじ》めて買《か》った一冊《いっさつ》」と思《おも》い出《だ》してくれるような作品《さくひん》を一所懸命《いっしょけんめい》、大切《たいせつ》に創《つく》っていきたい。

そんないっぱいの想《おも》いを込《こ》めながら、作家《さっか》の先生方《せんせいがた》と一緒《いっしょ》に、私《わたし》たちは素敵《すてき》な本作《ほんづく》りを続《つづ》けていきます。「みらい文庫《ぶんこ》」は、無限《むげん》の宇宙《うちゅう》に浮《う》かぶ星《ほし》のように、夢《ゆめ》をたたえ輝《かがや》きながら、次々《つぎつぎ》と新《あたら》しく生《う》まれ続《つづ》けます。

本《ほん》を持《も》つ、その手《て》の中《なか》に、ドキドキするみらい――。

本《ほん》の宇宙《うちゅう》から、自分《じぶん》だけの健《すこ》やかな空想力《くうそうりょく》を育《そだ》て、〝みらいの星《ほし》〟をたくさん見《み》つけてください。

そして、大切《たいせつ》なこと、大切《たいせつ》な人《ひと》をきちんと守《まも》る、強《つよ》くて、やさしい大人《おとな》になってくれることを心《こころ》から願《ねが》っています。

2011年《ねん》　春《はる》

集英社《しゅうえいしゃ》みらい文庫編集部《ぶんこへんしゅうぶ》